LE TEMPS N'EFFACE PAS TOUT

Patrick Sabatier

LE TEMPS N'EFFACE PAS TOUT

Editions Anne Carrière

ISBN : 2-84337-163-5

www.anne-carriere.fr

Je ne sais pas si tout cela servira à grand-chose. Je pourrais simplement dire que, depuis quelques années, un fâcheux concours de circonstances a fait que l'on me tient un peu à l'écart.

Mais voilà, je vis. Je réagis sans toujours en attendre un résultat. A la télévision, j'ai essayé de revenir sur la Une, la Deux, la Trois. Un, deux, trois, zéro ! En revanche, depuis six années, j'ai rencontré ceux que vous aimez comme moi en les interviewant dans Pendant la pub, *sur Monte-Carlo TMC.*

« Tu fais de la télé ! Tu n'es pas coupé du monde ! Tu travailles, non ? D'autres sont plus mal lotis que toi. Alors, de quoi te plains-tu ? » De rien.

De rien. Mais le temps n'efface pas tout...

C'est ma première cigarette de la journée. Une Gitane sans filtre. Plus personne n'en fume, ou presque. Elle me tourne toujours un peu la tête, comme si mon corps luttait contre ce poison autorisé, puis m'avouait sa faiblesse pour m'avertir que, tôt ou tard, je paierai ma mauvaise habitude, si agréable pourtant lorsqu'on sait rester raisonnable. Je suis raisonnable. Mais le suis-je vraiment ? Papa, lui, était raisonnable avec, de temps en temps, le petit coup de folie nécessaire pour supporter l'énorme pression du quotidien.

Ce soir, 24 décembre 2000, c'est le réveillon pour tout le monde. Nous sommes en Provence, dans notre petite maison des Alpilles. Les enfants regardent sans l'ouvrir le meuble vitré dans lequel Isabelle a entreposé, ou plutôt exposé, les cadeaux. A eux aussi, on a dit qu'il faut rester raisonnables. La distribution aura lieu à 19 h 45, pas avant. Ma mère est avec nous, infiniment triste, comme égarée dans son chagrin. Je voudrais tant l'aider, mais seul mon père le pourrait. J'essaie de rester à ma place tout en débordant un peu sur la sienne. Il savait que je m'occuperais de ma mère. Moi aussi, je suis perdu. Dans les derniers temps de sa vie, je prenais tout en charge, je m'occupais d'elle et de lui. En réalité, je ne faisais rien, puisqu'il était encore là, mais j'avais l'impression de le protéger. Son visage amaigri, ses yeux plongés dans les miens quand je lui parlais... Il avait un beau prénom, Jules, qu'il n'aimait pas. Moi, je le surnommais « ma petite prune », quand, protecteur, je le prenais dans mes bras. Et pourtant, c'était lui qui me protégeait.

Depuis maintenant un peu plus de sept ans, j'ai davantage de temps à consacrer aux miens. Je fais de la télé, bien sûr, mais à un rythme beaucoup moins soutenu qu'auparavant. Avant qu'on m'ait dit : « Vous ne faites plus vos jeux, vous ne faites plus partie du tour de table, monsieur Sabatier ! Allez vous faire voir ailleurs. Il n'y a pas de place pour vous sur les grandes chaînes hertziennes. Peut-être plus tard, on verra, mais ce n'est pas urgent. » C'est vrai, ce n'est pas urgent.

Chacun a eu ses cadeaux. Pour Margaux, treize ans, un téléphone portable et pour Thomas, dix ans, le maillot d'Anelka. Chacun est dans son rôle. La préadolescente a besoin d'une indépendance protégée : je fais comme les grandes, mais je reste votre petite. Lui est, comme on dit, un « vrai garçon », bagarreur et sympa, provocateur au cœur tendre, coléreux et généreux. Bref, le fils sur lequel on peut compter et qui ne mâche pas ses mots. Le fils que, peut-être, j'ai été pour mon père. Peut-être.

Quand ce qui m'est arrivé frappe un homme exposé aux regards du public, et cela est de plus en plus fréquent en ces temps de justice à grand spectacle, il est aussitôt présumé coupable et livré par les journaux à la vindicte populaire. Je n'en veux pas à la presse, car c'est la rançon de la célébrité. La presse a largement rapporté que, coup sur coup, en 1992 et 1993, un contrôle fiscal sur la société dont j'étais devenu le P-DG, et la participation d'un « guérisseur » (il se définissait comme tel) à l'une de mes émissions nous ont entraînés, Isabelle et moi, dans une tourmente judiciaire.

Dans l'affaire fiscale, j'entends encore la voix du président du tribunal de Nanterre, le 15 septembre 1993 : « M. Patrick Sabatier est condamné à... (trente secondes de pause) quatre ans de prison (nouveau suspense d'environ dix secondes)... avec sursis. » Le président a dû prendre un malin plaisir à prolonger le suspense, comme Jean-Pierre Foucault dans

Qui veut gagner des millions ? J'avais pourtant intégralement payé les sommes réclamées ! J'ai été si stupéfait que j'ai bien failli tourner de l'œil.

En ce qui concerne l'« affaire du guérisseur », Isabelle, en tant que productrice de l'émission où ce dernier avait été reçu, et moi-même avons été mis en examen quarante-deux mois. Le 12 octobre 1995, une relaxe nous a enfin blanchis. La justice a reconnu que nous avions agi selon les règles et qu'on ne pouvait rien nous reprocher. Mais le mal était fait. Si la justice, comme disait Coluche, lave blanc, il s'est trouvé dans mon milieu professionnel des gens pour laver plus blanc qu'elle. Plus blanc que blanc. Et, si j'ose dire, ceux-là nous en ont fait voir de toutes les couleurs.

A mes yeux, le plus scandaleux est là. Dans la présomption rampante de culpabilité dont j'ai été victime. A la télévision, certains décideurs, plus soucieux de leur « image » que des aspirations du public, m'ont écarté au nom du principe, vrai seulement pour les incendies de forêt, « il n'y a pas de fumée sans feu ».

Qui ? Je n'en sais rien. Quand ce n'est pas le grand patron en personne, il se trouve toujours un directeur de cabinet ou un chargé de communication pour chuchoter qu'il ne faut pas prendre de risques, qu'« on ne sait jamais », qu'après tout, un animateur à succès, cela se remplace. Et tant pis s'il faut de nombreuses années pour en fabriquer un. Et moi, depuis huit ans, je « rame » pour obtenir de la part des patrons de chaîne un rendez-vous ou un entretien sérieux. Certains magazines font régulièrement leur une sur moi pour annoncer mon retour, alors que je n'arrive même pas à obtenir un aller simple. Je suis *persona non grata* sur les grandes chaînes. Situation incomprise par beaucoup, qui ne cessent de me témoigner leur soutien : artistes, journalistes, producteurs, téléspectateurs, et même quelques animateurs amis, étonnés d'une telle incohérence. Je pourrais raconter avec force détails les dirigeants toujours « en réunion » quand on les appelle, les dérobades, les promesses non tenues, les coups bas hypocrites. Mais à quoi bon ?

J'ai toujours cru que je devais arriver par mon travail et, si l'on veut bien m'en reconnaître un, par mon talent. Je ne fais partie d'aucun lobby : c'est peut-être là mon tort. En y réfléchissant bien, je me dis que le temps joue sans doute aujourd'hui contre moi. Au début, c'était : « Pas tout de suite. Tu viens d'avoir des ennuis avec la justice, mieux vaut attendre que tout cela se soit tassé. » Puis, les mois passant, il se trouvait toujours un chevalier blanc pour dire : « Attendons encore un peu. » Tel confrère qui, depuis mon départ, avait les coudées plus franches, glissait en toute amitié à un haut responsable : « Le retour de Patrick ? Bien sûr ! Mais est-ce le bon moment ? » Et un jour, on risque de dire : « Pourquoi ferait-on appel à lui maintenant ? S'il revient, cela donnera-t-il l'impression d'un renouveau ? » Ce renouveau tant invoqué, et le plus souvent par des gens qui ne se renouvellent guère ! Que les choses soient claires. Rien ne m'est dû. Je n'ai jamais prétendu avoir droit à un retour sur les chaînes hertziennes. Simplement, quand je me raconte mon histoire, je la trouve hallucinante.

Depuis six ans, j'ai rendez-vous avec les stars que j'interviewe dans *Pendant la pub* sur Monte-Carlo TMC. Je ne fais pas ça « en attendant ». Je le fais d'abord parce qu'on me l'a proposé et, surtout, parce que cette aventure télévisuelle m'a permis de m'améliorer et d'être, devant la caméra, tel que je n'avais certainement jamais été. J'ai trouvé le respect et la reconnaissance que d'autres ont oublié d'avoir à mon égard. Il m'arrive de croiser des gens dont je sais pertinemment que, à un moment ou un autre, ils ont pris position contre mon retour. Nous sommes parfois à la même table. Bien sûr, je ne les considère pas comme des copains et je ne les estime guère. Mais je dois faire avec, ils sont là, ils sont du métier.

Je ne les nommerai pas. Cela supposerait que j'éprouve de l'amertume, de la rancune, un besoin de régler des comptes. Ce n'est pas le cas. Par nature, je ne suis ni amer ni rancunier. Enfin, c'est ce que je crois, mais, pour dire toute ma vérité, l'échec de ceux que je n'aime pas me fait parfois plaisir. Je suis comme les autres. Pas meilleur. Mais pas pire.

J'ai été élevé dans la rue, noblement. Je n'ai pas trouvé, autour de mon berceau, un milieu de notables, d'avocats, de médecins ou de notaires. A l'école, j'étais entouré d'enfants dont le père avait un métier souvent aussi modeste que celui du mien, mais plus stable : employé, infirmier, représentant de commerce... Ces camarades vivaient au rythme des bulletins de paie et des trois semaines de vacances d'été. Une vie normalisée, organisée, prévisible. Chez moi, rien de tout cela : les jours succédant au jour, l'un bon et l'autre mauvais. Je sentais mes parents à la merci de l'événement. Marchands de quatre-saisons, ils pouvaient à chaque instant perdre leur bout de trottoir. Leur sort dépendait, chaque année, du renouvellement d'une patente, et chaque jour du bon vouloir de quelqu'un.

Je ne suis pas un « gosse de la rue » au sens qu'on donne aujourd'hui à « gosse des cités ». Je suis un gosse des rues parisiennes qui longent le Jardin des Plantes ou croisent le boulevard de l'Hôpital. Je joue au ballon sur les trottoirs du quartier. Très vite, j'aide mes parents à charger la petite voiture, à empiler les cagettes et à servir les clients. C'est ainsi que j'apprends à parler le langage des « petites gens », le tutoiement spontané, la complicité qui se crée en quelques répliques entre ceux qui sont habitués à se lever tôt et à gagner durement leur pitance. Nous savons tous que la vie ne fait pas de cadeaux. On n'a que ce qu'on mérite. « Si tu ne sors pas ton pinceau, le mur ne sera pas peint. »

Dans la rue, les réputations se font et se défont vite. Il ne sert à rien de faire semblant : on ne se la joue pas. Et puis, si on est là, dans les petits matins d'onglée, c'est qu'on a besoin de bosser. On apprend facilement à être sociable. Il faut savoir lancer les mots qui, tout à coup, éclairent une journée grise, accrochent un sourire. « Alors, ma petite dame, comment ça va ? Qu'est-ce que je vous sers ? » Ou encore : « Ça n'a pas l'air d'aller, aujourd'hui, dites donc ! Qu'est-ce qui va pas ? » Les petits mots tout simples de l'intérêt pour autrui. Et puis on parle aux commerçants, alors qu'aujourd'hui, au supermarché, on parle peu aux caissières.

Je n'ai jamais eu la moindre peine à « faire simple ». Je n'avais pas à me forcer. On a dit de moi quelquefois : « Oh, il fait des émissions démagos ! Il débarque avec une caméra chez les gens et aussitôt, copain-copain : il pousse la bille un peu loin ! » Non. Ce n'était pas pour « faire peuple ». J'ai été élevé comme ça. Aller chez les gens, dans leur cuisine, leur parler de ce qui leur faisait plaisir, c'était bien, c'était agréable, c'était moi. Dans ma bouche, le « comment ça va ? » n'a changé ni de ton ni de destinataires. Simplement, il était dit avec les moyens de la télévision, avec ses caméras et ses projecteurs. Il n'y avait pas de démagogie là-dedans. D'autres disent « comment ça va ? » en cachant leur condescendance. Ceux-là sont démagos. Moi, j'étais seulement naturel.

Malheureusement, j'ai aussi appris que quand on a affaire au public, qu'on fasse de la politique, de la télévision, ou de la publicité, il vaut souvent mieux paraître qu'être. Car c'est ce qu'on paraît, et non ce qu'on est, qui fait ou défait une carrière. Alors, est-ce que la vérité profonde d'un être, son authenticité n'auraient pas d'importance ? Non, ce n'est pas cela non plus. Personnellement – et j'ai peut-être eu tort –, je n'ai jamais modifié mon comportement afin de paraître ce que je n'étais pas. Tout ce que j'ai fait, je l'ai fait dans mon style, tout simplement parce qu'à ce moment-là j'ai senti que je devais le faire. Dans quel métier ? Autant demander à un poisson dans quel milieu il souhaite vivre. Pour moi, c'était sur les ondes. A la radio, puis à la télévision, je me suis senti d'emblée chez moi.

Pour mes parents, chaque jour était une minuscule conquête, un infime acquis. C'est pourquoi ils ne prenaient jamais de vacances, incertains de ce qu'ils auraient trouvé à leur retour. C'est pourquoi ils ne faisaient pas de projets ; le seul projet, c'était le présent, le seul horizon, c'était la semaine.

Rien n'était installé. Tout était mouvant, incertain, menacé. Changer, bouger, était normal, inévitable. J'ai grandi dans un univers où l'on se disait toujours : « Je ne suis sûr de rien. » Et, contrairement aux apparences, même quand les autres me croyaient assuré de tout, droit dans mes bottes, je n'ai jamais été sûr de rien. Pour moi, ce n'est pas une faiblesse. On ne distingue pas sur le moment ce qui marque nos vies. On s'imagine qu'on prend des décisions, qu'on mène une stratégie et puis on s'aperçoit un beau jour que ce qu'on jugeait accessoire, secondaire, était en fait fondamental. Bons ou mauvais, tous nos actes nous suivent. Toutes nos décisions sont irrémédiables. La plus insignifiante en apparence peut se révéler capitale.

Je me demande pourquoi je fais ce livre, un parmi tant d'autres. Raconter, se raconter, même si c'est un peu égoïste – égocentrique plutôt –, ça fait du bien ! Et si je suis mieux, ça sera mieux pour les autres aussi. Pour ceux que j'aime. Je n'ai rien à cacher.

J'écris pour moi. Je ne réagis plus, ou presque plus, en homme de médias. J'espère me soucier de moins en moins de ce qu'on dira de ces pages. De toute façon, ce sera trop tard, le livre ne m'appartiendra plus dès l'instant où il sera en vente. Il sera la propriété de ceux qui l'auront acheté et sera soumis normalement à la critique de ceux dont c'est le métier. Et je ne m'attends pas à... à quoi, au fait ? Je n'ai pas la prétention de plaire à ceux qui aiment les véritables écrivains : je n'en suis pas un. Et puis, les challenges, j'en ai eu mon compte. Ce n'est pas un pari de plus, simplement, une occasion de faire le point. Je sais que je serai insatisfait. Je me dirai que j'aurais pu faire mieux. Je le sais déjà, pourtant je n'y peux rien.

Nous sommes au début de l'histoire. Le cœur battant, je cours vers l'une des premières amourettes de mes seize ans. Je passe à côté d'un de ces camions-citernes dont les enfants raffolent comme jouets parce qu'ils ont le dos rond et sont peints d'une couleur vive. J'enjambe l'énorme tuyau qui donne le biberon à la station-service. Les vitres de la cabine sont baissées, mais il n'y a personne au volant. La radio marche à fond. Et soudain je prends conscience que cette voix, dans l'habitacle sans habitant, n'est pas celle, anonyme et mécanique, de l'horloge parlante. C'est la voix d'un homme jeune et heureux de vivre. Je n'entends pas ce qu'il dit, tant je suis attentif au prodige. D'une citerne magique, la joie de vivre d'un homme jaillit et ruisselle sur le trottoir. Elle inonde la ville, la France. Cette voix-là va partout.

Je crois que, depuis Marconi et les postes à galène, personne ne fait plus attention à ce petit miracle. Pourtant, ce jour-là, il me foudroie. Moi, le passant, je partage mon allégresse avec un inconnu. Quel formidable privilège ! Etre là, dans la cabine d'un camion à l'arrêt, et en même temps dans des milliers de salles à manger, de chambres à coucher... Faire partager son émotion au moment même où on l'éprouve. Ce n'est pas banal, comme je l'avais cru jusque-là en « mettant la radio ». Ou plutôt, c'est aussi banal qu'un coup de foudre au début d'une histoire d'amour. A cet instant, ma décision est prise : je serai cet homme qui parle à tous et partage avec tous. L'émerveillement que j'ai éprouvé en longeant le camion-citerne, je le retrouve intact en moi, gravé à jamais. Ce que je vis là, c'est une vocation, une de ces certitudes qui vous envahissent et vous quittent seulement avec la vie. Je m'entends encore me dire, alors que la voix est déjà lointaine : « J'ai trouvé. Ce sera mon métier. »

Je suis en seconde. Nous habitons Vitry-sur-Seine. J'aime déjà la radio. Au réveil, mon premier geste est de tendre la main vers le poste. Les saints de mon calendrier s'appellent Maurice Favières, de Radio Luxembourg, Gérard Klein, de France Inter, Maurice Biraud, Daniel Filipacchi et Frank Ténot d'Europe 1. Ils me tiennent compagnie quand je ne suis pas au lycée. Mais, après la rencontre de la « citerne magique » qui a fixé mon destin, il me faut passer aux actes.

Un matin, je demande à mon père, qui se rend chaque jour aux Halles avant de partir vendre ses fruits, aidé de ma mère, sur sa petite voiture de marchand de quatre-saisons, de me déposer en chemin, et je passe le seuil de RTL, au 22 rue Bayard. Je vais voir Maurice Favières, qui assure la tranche matinale, de 5 à 9 heures. Il n'est pas encore 6 heures. Ce jour-là, la chance me sourit. Le gardien de nuit, dans sa loge de verre, mange la consigne et me laisse passer. Avant Mai 68, on ne craint ni les casseurs ni les terroristes, et le lycéen que je suis n'a pas l'air bien inquiétant. J'aime à croire qu'on devine ma passion. On me laisse m'asseoir derrière la grande vitre pour regarder le présentateur. Je ne l'avais jamais vu. Les minutes s'écoulent. Un petit homme jovial, derrière son micro, accueille les éditorialistes maison et les invités. Il ne m'a pas vu et, à 9 heures, quand il sort, ses disques sous le bras, je me fais tout petit sur ma banquette, n'osant pas l'aborder. Mais j'en meurs d'envie.

Je reviens dès le lendemain. Puis le jour suivant. A la longue, je fais partie des meubles. Je suis le jeune auditeur qui aime cette émission et ne se contente pas de l'écouter de chez lui, comme tout le monde. On me tolère d'autant mieux que je cherche à me faire oublier. Je trouve enfin le courage d'adresser la parole à Maurice Favières – ou peut-être est-ce lui qui me parle le premier – et de lui confier que je voudrais faire son métier. Depuis, je me suis trouvé cent fois dans la situation qui était la sienne, et j'ai répondu la même chose que lui : « Finis d'abord tes études, ce n'est pas un métier qui garantit une vraie sécurité. Tu es jeune, tu as tout le temps. Tu sais, les places sont rares. » Bref, des mots qui ne découragent pas, mais qui se gardent bien d'encourager. On est toujours le jeune ou le vieux de quelqu'un d'autre... Marc-Olivier Fogiel m'a fait la même demande que celle que j'avais adressée, en son temps, à Maurice Favières.

Je reviens à la charge et, un jour, je lui demande l'autorisation de lui emprunter quelques-uns des textes publicitaires qu'il a lus au micro et de les enregistrer chez moi. « Je vous apporterai la bande et vous pourrez me dire si ma voix fait l'affaire. » Il accepte et me donne quelques-uns de ces textes. Je n'oublierai plus jamais la « Diadermine S » et les meubles de chez Lévitan. Et je serai toujours reconnaissant à cet homme généreux et bienveillant d'avoir compris qu'il avait affaire à un visiteur dont la « vocation » – j'emploie ce mot bien solennel à défaut d'en trouver un autre – n'était pas une simple lubie d'adolescence. Il est vrai qu'il faut une belle obstination pour lui rendre visite aussi souvent à l'aube, par tous les temps, avant ma journée de lycéen banlieusard. De l'inconscience et du culot, peut-être aussi...

Quand je lui rapporte la bande de mon essai de lecture des pubs, il me promet de l'écouter. Le lendemain, puis le surlendemain, je me pointe rue Bayard, rempli d'espérance. Il n'a pas eu le temps. En fait, il obéit à une loi non écrite qui sera aussi la mienne : « Ne pas décourager un jeune parce que c'est trop cruel, ne pas l'encourager parce que c'est trop risqué. » Il finit tout de même par céder à la pression et écoute mon « chef-d'œuvre ».

– Ce n'est pas mal, mais il te reste beaucoup à faire.

C'est ce qu'on répond en pareil cas. Il ajoute une critique : j'ai prononcé « dynamizme ».

Attention, prononce mieux que ça ! L'élocution doit être rapide, mais parfaite.

Plus tard, quand nous serons devenus amis, Maurice et moi, « dynamizme » sera notre mot de passe.

– Je ferai attention. Mais est-ce que ma voix est bonne ? Est-ce que vous pensez qu'elle convient pour ce métier ?

– C'est possible. De toute façon, ta voix va encore bouger. Mais c'est possible. Enfin... peut-être. Ecoute, si jamais j'entends parler d'un casting, je te préviendrai.

Je vois les cieux s'ouvrir et je marche sur les nuages.

Deux ans plus tôt, j'ai installé un studio dans un débarras, en sous-sol, que mes parents m'ont abandonné. Pendant deux ans, entre mon magnétophone Grundig et mon tourne-disque Teppaz, je bâtis chaque matin une « émission » dont je suis l'animateur et l'unique auditeur. Je lis le conducteur que j'ai élaboré la veille, en observant le plus fidèlement possible les indications de durée. Je passe mes disques et des messages publicitaires. Je m'impose une discipline à laquelle, en dehors de mes visites rue Bayard, je ne manquerais pour rien au monde. De 6 heures à 7 heures, je fais « en direct » mon émission, que j'enregistre sur le Grundig pour en contrôler la qualité. « Mesdames et messieurs, bonjour ! Patrick Sabatier à l'antenne. Il est 6 heures. Passez une très bonne journée ! Johnny va vous chanter *Les Portes du pénitencier...* » Sur des ondes imaginaires, une voix que j'aime succède à la mienne. « Il est 7 heures ! » Il n'est pas question de la commencer avec une minute de retard. Je suis animateur de radio et je dois faire mon métier consciencieusement. Je crois que, si j'avais été en retard un matin, je me serais mis en retenue, peut-être renvoyé moi-même !

Il n'y a pas si longtemps, cette adolescence faisait encore partie de mon présent. J'ai tant avancé sur ma route qu'il me faut, aujourd'hui, faire un effort pour retrouver cette inconscience, ces espoirs démesurés, cette assurance parfois voisine de l'arrogance, qu'on tolère d'un : « Il est jeune et il en veut. C'est normal ! Tout passe ! » A la question rituelle de fin d'interview : « Et si c'était à refaire ? », je ne sais que répondre. Si. Peut-être que la question est mauvaise parce que la réponse est impossible.

A 7 heures, l'émission terminée, je prenais ma douche et partais pour le lycée. Je bassinais les copains avec mes visites à RTL en forçant un peu sur l'amabilité de l'accueil qu'on m'y réservait. J'exhibais la réponse de Gérard Klein à qui j'avais envoyé une cassette. Ce n'était qu'un banal accusé de réception, mais il portait le logo bleu de France Inter. Mythomanie ? Peut-être, mais qu'est-ce qu'un mythomane, sinon un rêveur qui croit trop à son rêve ?

Depuis que j'ai perdu mon père, il y a sur mon cœur ce poids, cette douleur indicible, ces phrases qu'on ne peut pas prononcer, tant il est impossible de se dire : « Eh bien voilà ! Il est parti ! Je ne le reverrai plus, mais c'est dans l'ordre des choses. »

La veille de sa mort, dans la soirée du mardi 10 octobre, il se débattait contre lui-même, yeux hagards et gestes non coordonnés. Je l'emprisonnais dans mes bras pour qu'il ne se cogne pas la tête contre le mur. Ma mère m'a avoué par la suite qu'elle se demandait s'il ne devenait pas fou. Mais je n'arriverai jamais à raconter cette soirée-là. Pour moi, elle appartient à un autre monde. Mon père était déjà, comme dit Isabelle, entré dans la mort. Au bout de trois heures, à force de caresses et de mots tendres, il s'est endormi. Je me souviens d'avoir dit à Isabelle : « Je voudrais que ça s'arrête là, tout de suite, entre mes bras. » Je ne sais pas si je mentais ou si je disais la vérité. J'écrivais encore son histoire, alors qu'elle s'écrivait toute seule. En tout cas, j'étais loin de penser, malgré son état, que moins de vingt-quatre heures plus tard il serait parti.

J'ai vu récemment *Selon Matthieu,* avec Nathalie Baye et Benoît Magimel – qui a obtenu, en mai 2001, le prix d'interprétation masculine à Cannes, à l'âge de vingt-sept ans. Aux âmes bien nées... ! Le héros est employé dans une usine dont son père a été renvoyé peu avant de prendre sa retraite parce que son contremaître l'a surpris en train de fumer sur son lieu de travail. Etre traité de cette façon après avoir donné trente ans de sa vie à l'entreprise le choque à un tel point qu'il en est brisé. Et son fils tente de mobiliser tout le personnel pour que cette injustice soit réparée et que son père soit réintégré. Mais l'épreuve a été trop terrible, et le père meurt. Le fils découvre un moyen ingénieux et original de le venger : il va séduire la femme du patron. Il y a dans ce film une réplique bouleversante. A quelqu'un qui lui demande des nouvelles de son père, Benoît ne révèle pas qu'il est mort. Il dit seulement : « Ça fait assez longtemps que je ne l'ai pas vu. » Et moi, dans mon fauteuil, à ce moment précis de ma vie, j'ai été foudroyé par cette petite phrase que j'ai reçue entre les deux yeux, comme une balle. Mon père n'est pas mort. Disons que cela commence à faire longtemps que je n'ai pas vu un homme que j'aimais tendrement...

Quand la disparition d'un être cher vient nous frapper, nous passons par plusieurs étapes : l'anéantissement total, les larmes, l'effondrement, l'incompréhension, la colère, l'hébétude. Par moments, je me demande : « Mais qu'est-ce que je fous là, en train de travailler ? En train de vivre ? En train de discuter d'une de ces mille choses qui ont si peu d'importance, dans le décor d'une télé ? Comme il doit m'en vouloir ! Et moi qui continue, comme si de rien n'était ! » Bien entendu, j'avais déjà entendu les petites phrases de réconfort habituelles : « Le travail, mon vieux, c'est le meilleur moyen de dépasser ça ! » Mais on a beau se dire que la mort du père c'est normal, que tout le monde passe par là, on ne s'y fait pas.

Maintenant, dans les rues de Paris, je remarque les plaques commémoratives. Je n'avais jamais prêté attention au fait qu'elles se composent du nom de l'homme décédé, suivi de ce qu'il fut : écrivain, général, peintre, et, en dessous, discrètes, deux dates, en plus petits caractères, que relie un trait d'union. Je ne vois plus que ces deux dates et, malgré moi, je fais la soustraction. C'est incroyable ! Tel inventeur est mort à quatre-vingt-quinze ans, et tel banquier à cinquante-quatre ! Et, dans ma tête, la date à laquelle je compare toutes les autres. Généralement, pour constater que mon père a vécu un peu plus longtemps. Quand il est mort, il allait avoir quatre-vingt-neuf ans.

« Un bel âge. Il a eu la chance de l'atteindre », me dit-on parfois en croyant adoucir ma peine. Oui, un « bel âge » ! Mais que viennent faire la beauté et la chance là-dedans ? La mort est laide. La chance, c'est l'espoir qui nous fait vivre. Et ce qui est difficile, c'est que, d'un seul coup, il n'y ait plus de demain. Plus du tout. Quand il a fallu choisir la tombe de mon père et l'inscription qui devait y figurer, j'ai suggéré à ma mère, qui était avec moi en ce triste moment, de mettre simplement son nom, Jules Sabatier, sans dates de naissance ni de mort. Comme ça, il resterait avec nous. A jamais. On ne saurait pas quand ça a commencé et quand ça a fini, puisque je l'ai toujours connu et continue à être avec lui. Quand j'écris sur mon père, j'entends sa voix. Il parlait très bas, déjà, comme pour ne déranger personne. Moi, aujourd'hui, j'ai souvent envie de gueuler, pour déranger les gens, mais je ne le fais pas. Je devrais peut-être péter les plombs un jour. De temps en temps, ça doit faire du bien de ne pas être raisonnable !

Chacun a ses recettes pour vivre. Parmi les miennes, il y a l'éveil. Je suis en permanence aux aguets de ce qui peut arriver. A tout être vivant, il peut toujours arriver quelque chose. Rien n'est arrêté, terminé, irrémédiable, hormis la mort. J'en ai eu la preuve. On n'y croit que lorsqu'on se trouve face à cette réalité irréelle : un être aimé qui ne bouge plus. Qui ne me voit plus. Qui ne m'entend plus. Qui ne vient plus me consoler quand je pleure. Et que je ne peux plus consoler.

Mon père m'avait appris que, dans la vie, ce qui est bon, c'est ce qui peut apporter à quelqu'un du bonheur, mettre de la lumière dans ses yeux, lui faire croire à quelque chose. Tout cela est bon.

Je m'arrête d'écrire pour jouer avec le bichon maltais nain que j'ai offert à ma mère pour son Noël. Liane Foly, qui en a un, m'a suggéré ce cadeau et m'a accompagné à une cinquantaine de kilomètres de Paris pour aller le chercher. L'amitié, c'est cela aussi. Tout ce qui apporte un peu de bonheur est bon à donner et à prendre. Ne jamais remettre à demain une gentillesse, une bonne nouvelle, un sourire.

Hier, j'ai dû me plonger dans les papiers de mon père et soudain cela m'a fait jongler avec les dates et le temps qui s'enfuit. Il a vécu quatre-vingt-huit ans. Vivrai-je aussi longtemps que lui et combien me reste-t-il dans ce cas ? Le calcul est vite fait : je sortirai de scène en l'an 2037. Mais ce n'est pas très loin, nous sommes déjà en 2001, diable, que ça défile vite, les années ! Il a travaillé jusqu'à soixante et onze ans. Alors, ai-je encore vingt et un ans à travailler ? Il a travaillé très dur jusqu'à cet âge-là. Beaucoup de gens « détellent » avant, mais moi qui ai la chance de faire avec plaisir mon métier, et non de le traîner comme une carriole, je n'aurai pas à « dételer », du moins je l'espère. Il n'y a pas d'horaires dans ma vie, pas de séparation stricte entre ce qui est plaisir et ce qui est travail. Quand je rencontre un artiste que j'aime, et j'en aime beaucoup, est-ce un moment de ma vie professionnelle ou de ma vie privée ? C'est la vie tout court.

Bref, je me collais à cette chronologie paternelle, je m'y glissais comme dans un refuge à la fois rassurant et inquiétant. Il m'a eu quand il avait trente-neuf ans. Tiens, à quel âge ai-je eu mon Thomas ? A trente-neuf ans, moi aussi. Comme c'est bizarre ! Thomas a onze ans. Comment voyais-je mon père quand j'avais onze ans ? Peut-être Thomas me voit-il de la même façon ?

Ce genre de calculs, je suppose que tout le monde les fait un jour ou l'autre. Ce n'est pas du tout la même chose de dire « je partirai à quatre-vingt-huit ans » et « il me reste trente-sept ans à vivre ». Entre ces deux petites phrases, il y a la mort qui glisse sa faux. C'est pourquoi il ne faut pas jouer au comptable avec elle. Il faut vivre ce qu'on a encore à vivre en tentant de l'oublier. Mais hier, mes petits calculs m'ont aidé.

Pour vraiment vivre, il faut savoir, de temps à autre, rencontrer la mort. Hier, je lui ai rendu visite.

En mai 1968, je suis en première, au lycée Jean-Macé de Vitry-sur-Seine. Comme tout le monde, je cherche la plage sous les pavés, mais c'est pour m'y allonger avec les filles. « J'occupe » Macé. Le seul aspect du grand chambardement qui me fascine est le rôle extraordinaire de la radio. Tout se passe sur les ondes : on entend les grenades, on suit le rythme des assauts, Cohn-Bendit et Geismar discutent avec le préfet de police. Les stations – Europe 1 en pointe – ne sont pas seulement au cœur de l'événement, elles le font. La radio règne sur la « chienlit », comme dit de Gaulle. J'ai la confirmation de ce que je pressentais : elle est un outil fantastique.

Les copains à idées fixes exaspèrent, mais il arrive aussi qu'ils convertissent. En 1970, à force de prêcher la religion de la radio, je fais des disciples. Et d'abord Jocelyne, dont les parents sont coiffeurs dans les hauts de Vitry. Avec elle, le dimanche matin, nous

« faisons une émission » dans le salon de coiffure désert : *Moisson 70.* J'ai installé mon Grundig et mon Teppaz sur la surface de travail de marbre du figaro. Dans mon fauteuil de moleskine, je suis plus animateur que jamais. Je m'y crois ! Quelques camarades, installés sur les chaises des clients en attente, tiennent lieu de public. Jocelyne, une petite brune souriante qui porte lunettes, est ma speakerine. Je crois bien – qu'elle me pardonne si elle tombe sur ces lignes – que je la tyrannise. En tout cas, je me prends terriblement au sérieux dans mon rôle d'animateur vedette. Je me considère comme le seul « professionnel » de l'équipe et les autres n'ont qu'à bien se tenir. Ma passion m'a souvent donné un côté dirigiste qui doit être pénible à supporter. L'enthousiasme n'excuse pas tout, mais espérons qu'il fait passer l'ensemble.

J'ai dix-neuf ans et, après le bac, je suis entré à la faculté d'Assas en première année de sciences économiques. Pourquoi ? Certainement pas par goût de cette discipline austère, dont il ne me reste rien, mais sans dégoût non plus. Je veux rassurer mes parents. Sans doute aussi me rassurer un peu moi-même.

Je n'ai toujours pas passé le casting que m'a fait espérer Favières, à qui je continue à rendre visite de temps en temps. Dans mon studio-salon de coiffure hebdomadaire, j'ai surtout l'impression de peigner la girafe. Mais je n'en prépare pas moins *Moisson 70* avec toute la rigueur requise : j'établis mon conducteur et je choisis mes disques, je chapitre Jocelyne avec autant de soin que si toute la France était à l'écoute.

Et puis, un jour d'entre les jours, Maurice Favières, qui ne m'a pas oublié, me dit en passant de mon côté de la grande vitre de studio qui me sépare de la vraie vie :

– La station cherche un animateur pour une émission de jeunes cet été. Veux-tu tenter le coup ?

Si je veux ?

Je me précipite au rendez-vous indiqué. C'est Gilbert Carpentier qui fait passer le casting. Il me demande de lire quelques publicités, hors antenne, bien sûr, mais pour la première fois je suis devant un micro de Radio Luxembourg. Je me souviens de ma gorge nouée, du tremblement de ma main crispée sur les feuillets. Je revois les techniciens, les gens qui passent derrière la vitre et jettent un regard distrait sur le jeune inconnu. Puis le verdict tombe :

– Oui, c'est pas mal. Mais il te reste beaucoup de travail à faire. Beaucoup.

Plus tard, quand j'ai raconté la scène à Gilbert, devenu un ami, il m'a avoué n'avoir conservé aucun souvenir de ma prestation. Pour lui, j'étais un parmi tant d'autres. Pour moi, il était unique. J'aurai toujours dans l'oreille l'inflexion de son : « C'est pas mal ! » Je l'ai reçu comme un formidable encouragement. Cela ne venait pas de Jocelyne ou de l'un des trois ou quatre auditeurs du salon de coiffure. C'était l'avis d'un « pro », d'un homme faisant le métier que je rêvais de faire. A partir de cet instant précis, j'ai été certain que ma carrière avait commencé.

Il est urgent de se débarrasser du service militaire. Je résilie mon sursis et suis affecté, par un hasard où je vois un clin d'œil du destin, aux transmissions. Sans gloire. D'octobre 1972 à octobre 1973, je me retrouve préposé au standard du mont Valérien. J'ai de la chance, car depuis Mai 68, l'armée envoie le plus loin possible de Paris les étudiants, réputés avoir « mauvais esprit ». Pour un an, je mets mon prosélytisme en veilleuse : parmi mes camarades, je ne vois personne que je puisse convertir à ma passion. J'en parle le moins possible. Je profite de mes loisirs forcés. L'un de mes copains a une maison familiale près de Tours, je lui rends visite, je découvre la maison de Balzac et je me plonge dans *La Comédie humaine*. L'extraordinaire diversité des personnages, leurs rêves et leurs ambitions me fascinent, et je me prends un peu pour Rastignac. L'idée que l'auteur, criblé de dettes, écrivait jour et nuit pour les régler me le rend sympathique. Je fais beaucoup de sport et j'attends la quille. Mon seul but est d'en finir avec une période de ma vie qui ne m'apporte rien.

A mon retour, pour financer la fin de mes études, je deviens, comme tant d'autres, surveillant d'externat d'abord à Vitry, puis à Massy-Palaiseau. Je suis pion comme je viens d'être soldat, et continue d'étudier l'économie : avec conscience, mais avec un autre rêve en tête. Le soir, je vais faire mes « travaux dirigés » à

Assas. Tout se passe bien et je serai reçu à mes examens. Mais je côtoie sans vraiment les fréquenter les futurs experts-comptables, statisticiens, banquiers et actuaires. Mon rêve est trop singulier, trop éloigné du leur pour que je leur en parle. Dans l'« amphi mille » d'Assas, ainsi nommé pour ses mille places, je fais pourtant la connaissance de professeurs célèbres : Raymond Barre et son brillant talent didactique, Maurice Duverger, l'analyste subtil que je retrouverai plus tard, François Luchaire, dont les cours sont passionnants. Je les écoute, j'apprends mes polycopiés, mais je sais que ce qu'ils contiennent n'est pas pour moi. Je réussis dans mes études pour meubler le temps d'une façon qui fait plaisir à mes parents, mais j'attends la vraie vie.

Mon casting n'a pas eu de suite, mais je retourne de temps à autre à RTL. Je n'habite plus chez papa-maman, situation ridicule aux yeux des filles. J'ai un petit studio dans le XIIIe arrondissement. J'écris à tous les producteurs et animateurs de radio et – puisque j'y suis – de télévision, dont je relève les noms dans *Télé Sept Jours* : entre autres, Georges Folgoas, Jacques Antoine, Pierre Bellemare, Guy Lux. Sans recevoir de réponse, mais je trouve cela normal. Pourquoi me répondraient-ils s'ils n'ont rien à me proposer ? Jusqu'au jour où le service Jeunesse de la première chaîne – elle ne s'appelle pas encore TF1 et est dirigée par Jean-Louis Guillaud – m'adresse une lettre. Le secrétariat d'Eliane Victor signale qu'une émission, *Les Visiteurs du mercredi*, est en préparation. « On recherche un animateur et des essais sont prévus. Souhaitez-vous y participer ? »

Je devrais bondir d'allégresse mais, curieusement, je suis plutôt déçu. Ah, si une station de radio me tenait ce langage, quel bonheur ! Depuis ma rencontre avec la citerne magique, c'est de radio que je rêve. Enfin, faute de grives... Un mercredi après-midi, je me rends rue Cognacq-Jay. Je suis l'un des postulants – il y en a une quarantaine, dont certains sont des animateurs connus. Eliane Victor, impressionnante de fermeté douce et de compétence, me reçoit quelques minutes dans son bureau.

– Qu'avez-vous fait avant ? Pourquoi souhaitez-vous animer une émission pour les jeunes ?

Je ne me rappelle plus ce que je lui ai répondu. N'ayant pas l'impression de jouer mon va-tout, j'ai dû garder mon calme et n'être pas trop mauvais.

Résultat des courses : je me retrouve dans le studio 3 de Cognacq-Jay face à une caméra. On me demande de parler en la regardant fixement. Thème du monologue : les Indiens. Je ne sais plus du tout ce que j'ai raconté ni combien de temps ça a duré. A un moment, une voix tombée du ciel – la régie était au-dessus – m'interrompt :

– C'est bon. On prendra contact avec vous au cas où...

Au cas où les autres seraient moins bons. Au cas où je ferais l'affaire. Au cas où on aurait besoin de moi.

C'est ça, le métier, et on l'apprend vite. Pas de règles rationnelles, pas de diplômes. Sésame, ouvre-toi ! Des impressions subjectives des uns et des autres, qui forment l'objectivité générale. J'aurai à en souffrir plus tard, mais le « au cas où » de ce mercredi après-midi me transforme.

Le lendemain matin, je reçois un coup de téléphone de Christophe Izard, producteur de l'émission, qui désire me voir. Si Maurice Favières, Gérard Klein ou Maurice Biraud m'avaient appelé, j'aurais bégayé de joie et sablé le champagne. Satisfait sans être comblé, je me rends au rendez-vous et suis reçu par un homme dont l'aspect massif – il a une dizaine de kilos à perdre et les perdra – contraste avec une voix très douce. Après une longue entrée en matière sur la nécessité de travailler beaucoup et de ne pas s'imaginer que la tâche est facile, il m'annonce enfin que je suis choisi pour animer ses *Visiteurs du mercredi* à partir du mois de septembre 1975. Je le remercie sans excès d'enthousiasme.

Et la préparation de l'émission débute. Christophe Izard me prend en main. Son enseignement tient en quelques préceptes dont j'ai depuis éprouvé la valeur : « Travailler, travailler et encore travailler. Ne jamais être content de soi. Aller toujours plus loin. Avoir toujours plus de biscuits que nécessaire, afin de ne pas rester à court. » J'apprends les commandements : « Tu dois être un second, un faire-valoir, une roue de secours. Tu dois connaître assez le sujet dont parle ton invité pour pouvoir rebondir en cas de besoin. Si c'est obscur, tu dois clarifier ses propos pour que tout le monde les comprenne. Tu es le premier des téléspectateurs, leur représentant à l'antenne, leur fondé de pouvoir. Si tu te prends pour le sujet de l'émission, pour sa vedette, tu te mets le doigt dans l'œil ! »

Izard est le maître exigeant et perfectionniste dont j'ai besoin. Pendant cinq mois, nous nous voyons trois ou quatre fois par semaine. Il m'explique comment un bon animateur présente les participants permanents et les invités occasionnels. Ainsi, Jacques Trémolin va raconter des histoires aux enfants. Je dois les connaître mais prendre garde de ne pas les dévoiler. Daniel Costelle fera une série d'interventions sur l'aviation. Là encore, je dois savoir ce qu'il dira mais ne pas casser ses effets. Marc Menant fera vivre le sport aux enfants. C'est aujourd'hui un vrai copain qui travaille à Europe 1.

Pour apprendre à nager, je suis jeté tout habillé dans le grand bain. Une émission pour enfants est ce qu'il y a de plus difficile au monde. Les enfants font sans complexes toutes sortes de choses fâcheuses : proclamer à voix haute qu'ils ont envie de faire pipi ; gesticuler devant la caméra à l'intention des frères, sœurs et copains restés à la maison. Sur un plateau de télévision, pour une journée aussi exceptionnelle, la chaleur, la lumière, l'excitation, la crânerie les transforment en gentils petits démons.

Pauvre animateur ! Il faut être à la fois un pion qui a les yeux partout et un homme de télé obsédé par l'horloge et le conducteur. Il vit dans la terreur d'être désarçonné par des questions que ne posent pas les adultes. « Qui c'est qui a inventé les fauteuils ? » Au fait, qui ? « Pourquoi est-ce que la lune est jaune et le ciel bleu ? » Oui, au fait, pourquoi ?

Enfin, le 5 septembre 1975 à 13 h 30, la petite lampe rouge s'allume sur la caméra. Pour la première fois de ma vie, je suis en direct avec une coprésentatrice, Soizic, et je fais un plateau de deux minutes.

– Bonjour Soizic !

– Bonjour Patrick !

– Eh bien voilà, nous sommes vos compagnons du mercredi après-midi. Soizic doit animer la première partie, le « club des 6-9 ans », et moi le « club des 10-15 ans »...

Autour de nous, il y a une cinquantaine d'enfants. Et Elton John chante *Don't go breaking my heart !* C'est le premier clip que j'ai lancé dans ma carrière. D'émotion, mon cœur se brise presque. Deux minutes. Mon premier direct ! Et Izard déboule de son premier étage pour me cueillir à la porte du studio 3 :

– Tu parles trop vite. Tu as l'air excité. Du calme ! Du calme ! Regarde la caméra. Sois bien à ce que tu dis.

Il va me « coacher », me mettre en scène, freiner mes emballements, me donner du punch quand il en faut. Il est à la fois rassurant et autoritaire, mais de cette autorité qui devient un besoin pour celui qui la subit. Je n'ai pas encore vingt-quatre ans et je suis à l'antenne tous les mercredis après-midi. Je vais animer des émissions pour enfants pendant trois ans, avec trois heures de direct, aux aguets de tout ce qui peut arriver. Barbara m'a dit un jour : « Quand je sors de scène, si je ne suis pas très fatiguée, je sais que je n'ai pas été très bonne. » A ce compte-là, je devais être excellent, car tous les mercredis soir j'étais crevé, vanné, épuisé, lessivé... les mots me manquent. Mais quelle merveilleuse école !

Je ne suis pas de ceux qui se repassent leurs émissions. Ce qui est fait est fait, et j'ai envie de tourner la page pour aller de l'avant, non vers l'arrière. Mais il m'est arrivé d'être amené à revoir, à l'occasion d'une rétrospective, des images de mes débuts, par exemple dans *Les Enfants de la télé*, une émission du samedi soir de TF1 qui se nourrit d'archives. Ce n'est pas possible ! C'était moi, ce jeune homme aux cheveux longs, au visage encore poupin, portant d'invraisemblables pantalons pattes d'eph'? Eh bien oui, c'était moi, faisant des fautes que je ne commettrais plus aujourd'hui. J'en ferais peut-être d'autres. Mais, dans notre métier comme dans beaucoup d'autres, l'expérience fait partie intégrante du professionnalisme. Place aux jeunes, oui. Réfléchissez tout de même avant de virer les autres.

Ce que je vois, c'est une émission de télévision – quelque chose qui, tout en s'inscrivant dans le réel, est complètement irréel. Quel animateur, que ce soit moi ou un autre, se lève le matin pour lancer d'un ton allègre à sa compagne et à ses enfants : « Bonjour ! Je vous souhaite une très bonne journée. J'espère qu'aujourd'hui vous ferez bien attention au jeu de 9 heures et quart » ? C'est ce qu'on dit devant la caméra. Elle vous transforme en quelqu'un que vous n'êtes pas vraiment. Et vous voilà tenté de vous prendre pour cet autre !

Au beau milieu de ces tâtonnements télévisés, la radio, à laquelle j'ai tant fait la cour, sans succès, s'intéresse enfin à moi. Ce sera un faux départ mais, au moment où je le prends, je suis persuadé que c'est le bon. Je n'ai pas encore bouclé ma première année de *Visiteurs du mercredi*. Je ne suis pas encore connu, même si, dans la rue, j'ai parfois la flatteuse impression qu'une passante se dit en me fixant : « J'ai déjà vu ce type quelque part. » Quand un acteur joue dans un film, d'autres réalisateurs le regardent, le remarquent, se disent : « Tiens, celui-là ne serait pas mal dans... »

Le directeur des programmes d'Europe 1 m'a vu. Il me convoque :

– Voilà. On a une petite case à remplir, le samedi entre 17 et 19 heures, après une grande session de magazine présentée par Viviane Blassel. Est-ce que ça vous intéresse ?

Quelle question !

Pour moi, cette année est un tournant. Je commence à faire de la radio, et je tombe amoureux fou d'Anouk, qui, trois ans plus tard, va devenir ma première femme, et dont je divorcerai en 1980. Je m'installe avec elle rue de Vaugirard. Et je vais faire ma première émission de radio. Le samedi après-midi, il n'y a pas grand monde dans les stations. Les éditorialistes et les animateurs très connus préservent leur week-end. A mon arrivée, je me sentirais bien seul sans l'accueil charmant que me réserve Viviane.

Je présente un hit-parade sans grand intérêt. Il durera encore moins que mon mariage. Suis-je bon à l'antenne ? Je n'en sais rien. Pendant un de ces samedis après-midi désertiques, Michèle Abraham, l'une des responsables de la programmation, fait un tour au studio. Derrière la vitre, pendant que passe un disque, elle appuie sur le micro d'ordres qui permet de parler au présentateur :

– C'est vous, la voix que j'entends ?

– Oui.

– De quel signe êtes-vous ?

Moi, surpris :

– Scorpion.

Elle :

– Avec la voix que vous avez, vous ne ferez jamais de radio.

Ce soir-là, chez moi, je crois bien que j'ai pleuré. J'ai rencontré de nouveau Michèle Abraham, beaucoup plus tard. Elle ne se souvenait pas de l'incident. Peut-être était-ce pour plaisanter qu'elle avait fait cette remarque qui m'avait glacé le cœur.

Au bout de trois mois, je ne retrouve pas mon nom sur le tableau de service de la semaine suivante. C'est une façon courtoise de faire savoir à quelqu'un qu'on l'a assez vu, en l'occurrence assez entendu. On aura recours à lui « une autre fois, au cas où... ». De même, une émission n'est jamais « supprimée », mais « suspendue ». Je pense avec accablement que ma carrière radiophonique est terminée. Mais, en 1977, j'entre à RTL, « première radio de France », et je vais y connaître seize ans de succès, suivis de deux années à RMC. J'en tire une leçon : rien n'est jamais définitif, et il faut croire d'abord en soi, envers et contre tout.

En écrivant cette phrase un peu toute faite, je me rends bien compte que ce n'est pas facile. Il y a des jours où l'on perd confiance en soi. Cela m'est arrivé plusieurs fois ces derniers temps. Quand tout va mal, quand rien ne s'arrange comme vous le souhaitez, il y a toujours un petit truc qui vous redonne espoir. Tant qu'on peut faire les choses, il n'y a jamais vraiment de fin. Banal ? Oui, mais c'est vrai.

Devant une critique, qu'elle soit fondée ou non, il faut se demander qui la fait et pourquoi il la fait. Dans le film de Claude Lelouch *Itinéraire d'un enfant gâté*, Belmondo apprend à Anconina à se comporter dans la vie. Et il lui dit, autant que je me souvienne :

– Tu ne dois jamais paraître étonné. Il faut rester de marbre, quoi qu'on puisse te dire, même des choses horribles. Il faut être plus imperturbable qu'au poker.

– Mais oui, mais oui, répond l'autre, un peu agacé par cette insistance.

Et Belmondo, un peu plus tard :

– Tu savais que ton père était pédé ?

Bien entendu, Anconina sursaute :

– Comment ça ?

– Tu vois, mon petit, tu n'aurais pas dû bouger.

Lelouch m'a raconté qu'en communiquant les dialogues à ses acteurs, il n'avait pas prévenu Anconina de la dernière réplique.

J'aime les gens qui croient à ce qu'ils disent et à ce qu'ils font. Il m'est souvent arrivé de rencontrer des gens profondément convaincus de choses très diverses. Je me sentais à des années-lumière des certitudes de certains d'entre eux, mais je les trouvais respectables. Pourtant, mon caractère ne m'a pas simplifié la vie. Il est plus avantageux d'être diplomate, de donner raison à tous et à chacun. Bref, d'être un malin. Mais voilà, je suis tout, sauf un malin. Cela ne m'empêche pas d'éprouver une forme de respect pour ceux qui le sont. Je me dis : « Mais comment peuvent-ils faire ça ? » Ce n'est pas de l'admiration. « Respect » est l'un des plus beaux mots de notre langue. Il m'arrive de respecter des gens que je n'aime pas. Je pense être quelqu'un de respectueux. Je sais bien que l'adjectif fait un peu sourire, mais je n'en trouve pas d'autres qui traduiraient mieux ce que je veux dire. Je respecte la vie et les gens. Et puis j'essaie de me respecter, ce qui signifie, dans le métier que je fais, n'être pas dupe du strass, des paillettes, des Césars et de toutes les récompenses.

Je crois être quelqu'un de très intérieur, avec des moments de joie très intenses et des passages à vide. Mais la vraie détresse est ailleurs que dans la vie professionnelle, où j'ai connu des hauts et des bas. La vraie détresse est intime, privée. L'incertitude du lendemain qui a marqué mon enfance m'a donné le sentiment qu'exprime l'expression « ça ne va pas durer ». J'ai toujours cru que ce qui m'était donné pouvait être repris, et même devait être repris. Cela explique mes comportements. Je vis dans le milieu du spectacle, et la critique, la remise en cause font partie du jeu. Ce jeu, je l'ai accepté. Et Dieu sait si j'ai été critiqué, caricaturé, aux *Guignols* et ailleurs ! Tout le monde a une imperfection, une faille. Les nôtres sont démesurément grossies. Certains ont cru pouvoir dire de moi : « Il n'y a que l'argent qui l'intéresse. » C'est faux. L'argent, pour moi, est un symbole, une assurance. L'argent, c'est le contraire de l'incertitude, de l'instabilité. A cet égard, il m'intéresse. Mon but dans la vie n'a jamais été d'être riche. Et, fondamentalement, je ne suis pas un homme d'argent.

Rien n'est stable. Telle est ma conviction la plus profonde, celle que la vie m'a dictée. Pourtant, j'ai acquis très vite la stabilité matérielle. Mais elle n'est pas tout. Une fois qu'on n'a plus le souci du pain quotidien, il reste à acquérir ce que j'appellerais la stabilité morale, mentale. Personne ne peut proclamer : « J'ai mon frigo et mon téléviseur, donc ma tête est installée, mes problèmes sont réglés et tout va bien ! » car au moment où l'on se dit : « C'est terminé, me voici tranquille ! », quelque chose vient tout remettre en question. Ce quelque chose de dérangeant et d'inévitable, cela s'appelle la vie.

C'est pourquoi je ne crois pas qu'on puisse être vraiment stable « à l'intérieur ». Plus les années passent, et moins je le suis. Mon instabilité ne me donne pas le vertige. Elle me réconforte parce que, pour moi, elle est en accord profond avec la loi de la vie.

Je ne voulais pas d'une vie banale. On me répondra que personne ne la choisit telle, que ce n'est pas par vocation qu'on s'entasse dans des trains de banlieue deux fois par jour et qu'on s'ennuie au bureau. C'est vrai. J'ai eu de la chance. Reste que j'étais farouchement décidé à ne pas vivre cette existence-là. Je pense que la force de ce refus a joué autant que ma chance. Il est bon de savoir ce dont on ne veut à aucun prix. Plus que jamais – et cela s'est encore accentué depuis la mort de mon père –, je refuse qu'on me vole mon temps. Le plus souvent, seul l'artiste est vraiment maître de son temps. C'est pourquoi je dis souvent en riant à mes enfants : « Vous serez artistes. » Je n'ignore pas qu'ils seront ce qu'ils voudront être.

J'aurais plutôt tendance à être trop organisé, sinon un rien maniaque. Je suis du genre à l'heure, et même avant l'heure, moins par manie de la précision que par peur de rater le début. J'aime être dans mon élément le plus vite possible, prendre possession dès le premier instant de l'ambiance et de la situation. Avec un bon début et une bonne fin, l'affaire est faite. Tous ceux qui montent sur une scène savent bien que savoir commencer et savoir finir, c'est tout un art. J'ai un sens aigu du temps, et je conseille à mes enfants de faire leurs devoirs le vendredi plutôt que le dimanche soir. Il faut se libérer au plus tôt de ses tâches. Je me libère dès que je le peux des pièges de notre métier : les dîners qui n'en finissent pas, les déjeuners inutiles, les déplacements qu'on pourrait éviter. Parfois, cette liberté m'encombre. Je me trouve soudain face à un après-midi libre. Je devrais m'en réjouir et voilà que je ne sais trop qu'en faire !

Ce vendredi, je me retrouve au bureau, à Boulogne. Je ne serai jamais l'homme des réunions, des conseils d'administration. Je préfère travailler chez moi, dans ma voiture, au Bois quand il fait beau. Je crois que je n'accepterais de m'inscrire dans un cadre que si j'exerçais une responsabilité de programme. Et ce serait à titre temporaire, comme on remplit une mission. Des radios m'ont proposé récemment de diriger leurs programmes. J'ai décliné l'offre parce que je sentais que le moment n'en était pas venu.

Je me sens mieux, aujourd'hui, qu'au temps de mes vingt ans, lorsque j'avais des certitudes sur tout. A l'époque, le monde se divisait en bons et méchants, en choses à faire et à ne pas faire. A cet âge-là, on répond aux questions sans hésiter une seconde.

– Est-ce que vous êtes pour la fidélité en amour ?

– Oui, bien sûr.

– Est-ce que vous êtes de gauche ?

– Cela va sans dire.

Et puis les années passent et l'on s'aperçoit qu'en politique, la gauche n'est pas toujours de gauche et que la fidélité, si elle ne correspond pas à un amour passionné, ne veut pas dire grand-chose. Ce qui est important, c'est d'avoir le souci des moins favorisés, et de vouloir et pouvoir faire tout le chemin de la vie avec la même personne. Car vivre ensemble est quelque chose de formidable. Mais ce sentiment, cette certitude, cela ne se réduit pas au mot de « fidélité ». La vraie question est : Suis-je un homme amoureux ?

– Oui. J'ai envie d'être le plus souvent possible avec elle, de construire avec elle.

Il en va ainsi de tous les grands mots. L'essentiel est de savoir ce qu'on met derrière. Quand on est très jeune, on pense qu'ils ont un sens, un seul, et que tout est simple. C'est ainsi et pas autrement. Avec le temps, on s'aperçoit que, cachée derrière les mots, la réalité les déborde de tous côtés. La liberté ? Bien sûr, chacun est pour la liberté, mais le mot ne veut vraiment dire quelque chose que pour l'homme qu'on emprisonne. Sinon, on peut être libre et malheureux, libre et accablé. Et celui qui a travaillé onze mois comme un forçat, celui-là n'est pas libre parce que se lève le premier matin de son mois de vacances. Mais si je me dis : « J'ai envie de faire ça, et je vais le faire ! », alors oui, je suis vraiment libre parce que j'ai partie liée avec la vie, avec l'avenir et le bonheur.

Pour moi, tout se ramène à des questions : Comment utiliser ce temps qui nous est donné ? Comment user de la vie ? Les mots n'ont de sens qu'à l'ombre de ces questions-là. Quand on a compris cela, on se montre plus ouvert, plus attentif, plus humain, car on cesse d'être figé par les belles croyances, les nobles idées, les religions, qui sont moins humaines souvent qu'elles ne le paraissent. Non que je condamne les règles : elles sont là pour marquer les repères et les limites, et on ne peut pas s'en passer. Mais la vérité d'un être est intérieure. On est libre de ses décisions, et si on les prend, ce n'est pas par obéissance aux règles. C'est par respect de soi. Je crois qu'avec du respect on peut tout dire des gens. Le respect évite l'aigreur et les règlements de comptes. Je n'ai jamais été un homme de règlements de comptes. J'évite les gens qui m'ont fait mal, mais je ne les attaque pas. Je me dis simplement que le temps est précieux et qu'il ne faut pas le gaspiller dans une vengeance qui, somme toute, usera trop d'énergie. Quand ceux qui m'ont attaqué vont mal à leur tour, souvent, je m'en fous. Tout simplement.

Je suis un instinctif. Pas insouciant, mais instinctif. J'aime les êtres courageux. Ceux qui se battent jusqu'au bout, qui affrontent la réalité. Pourtant, je fais partie de ceux qui, de temps à autre, s'arrangent avec la vie. Quand c'est trop dur, je me raconte une autre histoire qui se termine mieux. Je n'hésite pas à dire : « Je ne suis pas sûr. » Je ne suis pas de ceux qui se formatent dans la tête un disque dur de réponses à toutes les questions. Dans mon milieu, cela consiste à fixer une « politique » avec son « chargé de communication ». « On va me demander ça, et je vais répondre ça. » Tout est bien bouclé, dans le but de se fabriquer une « image ». Je suis incapable de me préparer une batterie d'opinions bien au point sur tous les problèmes.

« Tu es d'accord pour l'adoption d'enfants par les couples homosexuels ? » Eh bien, figurez-vous que ma réponse n'est pas préfabriquée. Ma réponse n'est ni oui, ni non, ce serait plutôt « ça dépend », ou « je n'en suis pas sûr », ou encore « je demande à voir ». C'est pourquoi j'ai horreur de ce genre de sommations. Chacun sait que la réponse contribuera à ce que les gens pensent de vous. Et il faudrait répondre toujours par « oui » ou « non » ? Allons donc ! Les dés sont pipés. C'est la raison pour laquelle j'essaie de fuir les interviews de ce genre. Elles passent à côté du vrai problème : la sincérité à l'égard de soi-même, celle qui ne cherche pas à ménager ou à séduire le public. Celle qu'on a envers nos proches, qui nous connaissent et auprès desquels on n'a pas besoin de jouer la comédie.

Les honneurs, c'est bien. Mais ça ne vaut pas le plaisir qu'on a à se dire : Ce que j'ai fait, je l'ai fait avec conviction. Parce que j'y croyais. Et je peux me regarder en face. En face et sans caméra.

Pour aller se fournir aux Halles, puis à Rungis, mon père se levait à l'aube. Avant de partir, il venait m'embrasser dans mon lit. Je me souviens de cet homme rasé de près et qui sentait bon. Du coup, je ne suis pas « du soir » et, à partir de 23 h 30, je me sens un peu mal à l'aise. Veiller jusqu'à 3 heures du matin en racontant des histoires autour d'une bouteille, sortir en boîte, décidément, ce n'est pas mon genre. Pour moi, ce n'est pas la nuit qu'on refait le monde. Il est à construire et à améliorer chaque jour.

A RTL, de 1975 à 1992, j'étais chargé de la tranche de 8 h 30 à 11 heures, ce qui m'obligeait à être debout à 6 heures. Cela ne me coûte guère. Aujourd'hui, je ne peux pas prendre place à la table du petit déjeuner sans être douché, rasé et habillé. Chaque matin, la vie recommence et tout redevient possible. Il faut être d'attaque, en forme pour cette relance.

Si j'avais eu un père comédien ou veilleur de nuit, il en serait peut-être allé tout autrement. Quand j'ai débuté dans mon métier, on me disait souvent : « Il faut que tu sortes pour entretenir tes relations. » A l'époque, je pensais qu'on arrive par son travail, non par ses relations. J'ai appris depuis que ce n'est pas si simple. Le travail ne suffit pas. Bref, le principe est juste, mais comme toujours, son application ne va pas de soi. C'est le cas de tout ce qu'on apprend dans la vie.

Chaque matin, à 8 heures, je m'assieds, dans mon petit bureau niché sous le toit, devant une table d'écolier que je ne veux pas plus large, car elle n'en serait que plus encombrée. Je consulte mon agenda. Mon premier soin est d'y loger l'heure où j'irai courir. Jamais avant 10 heures, sinon l'air serait pollué. Mieux vaut attendre la fin des embouteillages. Je cours dans mon quartier, sauf le dimanche où je m'offre la traversée de Paris. Elle me conduit jusqu'à mon cher Jardin des Plantes, avec descente et remontée des Champs-Elysées *via* la Concorde et les Tuileries.

Je ne cours pas vite, mais longtemps. C'est pourquoi je parle de footing, et non de jogging. Casquette et lunettes me rendent méconnaissable. Je peux donc regarder sans risque d'être reconnu. En courant, je vois tout ce que je ne vois pas en voiture. Dans ce footing de découverte, je me régale des détails d'architecture, de brèves rencontres, je vois défiler les signes avant-coureurs du printemps, les rousseurs de l'automne. Et je trouve mes idées, les réponses aux questions que je me pose. Comment vais-je régler ce problème ? Que dois-je répondre à untel ? Le rythme de la course commande à mes pensées et les rend plus claires. Pourtant, je ne fais pas toujours mon footing dans l'enthousiasme. Le premier quart d'heure est rarement agréable : c'est ensuite que vient le plaisir. Quand on chausse ses baskets et qu'il est 6 heures du soir, au bout d'une sombre journée d'hiver bien remplie, il faut se forcer un peu. Mais je me force. C'est la seule discipline que je m'impose quotidiennement et il n'est pas question d'y renoncer. Quitte à me botter les fesses ! Cette habitude est relativement récente dans ma vie. En 1993-1994, alors que tout allait très mal pour moi, je me suis aperçu qu'en courant mes problèmes me semblaient moins pénibles. Les jambes venaient au secours de la tête. Et lorsque les soucis sont devenus moins obsédants, l'habitude est restée.

Ce matin, il fait froid, mais le soleil de février est superbe. La pluie qui nous accablait depuis octobre, depuis que mon père est parti, a enfin cessé. Je vais courir seul, comme d'habitude, avec des pensées plein la tête. En abordant au petit trot la place Dauphine, je pense à Yves Montand qui vivait là, dans sa « Roulotte ». Je fredonnais toutes ses chansons et j'avais vu tous ses films. Sa rencontre avec Simone était pour moi la plus fascinante des histoires d'amour. Rien de ce qu'il faisait, disait ou chantait ne me laissait indifférent. J'étais un inconditionnel. J'acceptais même ce que j'estimais être ses erreurs politiques. Quand on vient comme moi d'un milieu où l'on ne rencontre les célébrités que sur le papier glacé des magazines, on est doublement impressionné le jour où l'on est admis dans leur intimité. On a l'étrange sensation de passer de l'autre côté de l'image. Cette sensation, je ne l'ai jamais perdue.

C'était en 1985. Il avait promis de faire l'ouverture de *Grand Public*, l'émission de TF1 que, chaque vendredi soir, un artiste, un chanteur, un sportif, un cinéaste ou un auteur était chargé de bâtir. A l'époque, la deuxième chaîne nous avait « mis en face » – entendez : avait programmé à la même heure – un feuilleton américain, *Deux flics à Miami*, que toute la presse présentait comme la série des séries. Je suis allé trouver Montand dans sa Roulotte, une sorte de demi-sous-sol auquel on accédait en descendant deux marches, tout près du restaurant Paul, derrière le Palais de Justice. Le petit appartement prenait jour de deux côtés, sur la place Dauphine et sur le quai, mais sans vue sur la Seine. Un peu plus tard, Isabelle et moi avons été invités dans la maison de campagne d'Auteuil afin de préparer l'émission.

Simone Signoret n'était plus. Dans les deux demeures, il y avait des photos partout, mais aucune d'elle. Je n'en croyais pas mes yeux. Pour moi, depuis toujours, Montand et Signoret étaient deux images à jamais inséparables. Pas une seule photo ! Je n'ai pas osé demander pourquoi. Et *a posteriori* je suis content de n'avoir pas posé la question. Il y a des choses qui n'appartiennent qu'à ceux qui les vivent. Le petit Valentin n'était pas encore né, mais sa mère partageait déjà la vie de la vedette.

Mon émerveillement devant la légende de Montand a dû me faire paraître bien fade à ses yeux. J'étais déjà l'animateur connu d'une émission importante mais il m'impressionnait beaucoup. Professionnel jusqu'au bout des ongles, il s'en est aperçu tout de suite. Je l'avais vu à l'Olympia pour la première fois en 1969. C'est du poulailler que j'apercevais alors les artistes illustres. Peut-être plus encore que le reste, j'admirais déjà en Montand son perfectionnisme, son exigence de la qualité, la mise au point méticuleuse.

Ce dimanche matin de juin 1987, dans sa maison d'Auteuil, il a préparé lui-même le petit déjeuner. Dans la vie de tous les jours, il était drôle, séducteur en diable, hâbleur, avec des gestes câlins de grand escogriffe. Il nous a parlé de *Manon des sources*. Il racontait que le rôle d'Ugolin avait d'abord été proposé à Coluche. Face à Claude Berri, Daniel Auteuil, pour l'obtenir, s'était grimé. « Mais si, je t'assure, je peux être Ugolin ! » Lui-même avait dû faire un bout d'essai. Un bout d'essai pour le Papet ! La chose me paraissait incroyable.

Il mimait la scène, avec son accent :

– J'ai mis mon chapeau comme ça, et puis j'ai pris une voix très intérieure, pour que Claude comprenne bien que je pouvais faire un paysan, un type renfermé, alors que moi je suis très ouvert !

Et il s'interrompait pour s'empresser auprès d'Isabelle :

– Du beurre ? Un peu de confiture ?

Il venait d'essuyer des rafales de critiques à cause d'une émission politique pour laquelle certains lui reprochaient d'avoir touché un cachet important. Entre deux bouchées, il tempêtait, dans son meilleur style de grand bon diable à la tête de bois :

– Ah, c'est un pays où on ne peut plus rien faire !

C'était du cinéma, bien sûr, avec un fond de malice et de mise en scène. Puis nous avons fait le tour de la propriété, car nous devions y tourner une séquence de l'émission. Et là, soudain, Montand s'est transformé en propriétaire aux prises avec tous les problèmes que pose une maison de campagne. En marchant, il me saisissait par le bras pour mieux me prendre à témoin :

– C'est de la folie ! Il y a toujours quelque chose à faire ! Regarde-moi ce toit. Il manque encore des tuiles ! Et la piscine ! Il faut la faire chauffer tout le temps, sinon on ne peut pas se baigner, et alors à quoi ça servirait d'avoir une piscine ?

Il m'adjurait sur un ton dramatique :

– Patrick, crois-moi, n'achète jamais une maison comme ça ! Ecoute-moi bien ! Et regarde-moi quand je te parle ! Tu me promets de ne jamais faire cette folie, n'est-ce pas ? Tu me le promets ?

Ebahi, je protestais mollement :

– Mais de toute façon, il n'en est pas question. Ce n'est pas mon intention.

Je ne savais plus très bien qui me tenait ce langage. Etait-ce la star internationale, l'amant de Marilyn, l'idole de mon adolescence qui me sommait de ne pas gaspiller mes sous dans l'immobilier et de veiller aux charges ? Lui, imperturbable et théâtral, soulignait chaque phrase de ses moulinets :

– Ecoute-moi, Patrick ! C'est sérieux ce que je te dis. C'est important !

Derrière nous, Isabelle riait sous cape. Contrairement à moi, elle s'est toujours méfiée de ces plongées dans l'intimité des vedettes. Comme les voyageurs qui, enfants, ont rêvé de la Bagdad des *Mille et Une Nuits* et qui découvrent une triste ville moderne et bétonnée, elle a trop peur d'être déçue. Elle pense que, souvent, mieux vaut ne pas confronter la réalité à ses songes. Peut-être est-ce plus sage.

Au cours de notre promenade, Montand m'a emmené dans une dépendance de la villa que deux grandes portes de bois faisaient ressembler à une grange. Soudain, nous nous sommes trouvés dans une petite salle de six ou sept mètres de long, équipée d'un piano et d'une estrade. Il m'a montré son chapeau et sa canne, qui paraissaient l'attendre, et le tabouret de son pianiste, Bob Castella.

– Là, tu vois, je répète, je répète et je répète mes Olympia. Tu sais, Patrick, le talent, ce n'est pas grand-chose. Ce qui compte, c'est le travail.

Ce n'était qu'à moitié vrai, mais cela me plaisait bien, car j'étais beaucoup plus sûr de ma capacité de travail que de mon talent.

Le soir où je me suis retrouvé en direct avec Montand, je n'avais pas la moindre inquiétude. Le souvenir de notre week-end et de notre complicité me rassurait. Quand il est entré sur le plateau, je suis sûr que, sans ce souvenir, j'aurais été mort de peur. Mais j'avais l'impression de le connaître depuis toujours. Et il a tout fait pour que je reste à l'aise.

Il en va ainsi avec les artistes à qui j'ai affaire. Et cela n'est pas étonnant. Ils sentent que leur passage dans mes émissions n'est pas une opération que je monte à mon profit. Ils sentent aussi mon respect pour leur travail, pour le risque qu'ils prennent. Et, surtout, ils savent d'instinct que je les aime. Mieux vaut ne pas faire mon métier si l'on n'aime pas les artistes. Montand, ce soir-là, s'est montré tel que je l'espérais : un grand pro, n'oubliant pas les lumières, les caméras et leurs exigences. Il a donné à voir ce que le public attendait de lui. Ne pas décevoir : autre leçon à méditer. Ne pas décevoir.

Dimanche matin. Nous passons à la campagne, chez des amis, le dernier week-end de février. Je me lève tôt et je vais chercher pain et croissants pour tout le monde. La boulangère du pays me dit qu'elle n'a pas le pain que je désire. La fournée ne sera prête qu'à 9 heures.

– Voulez-vous que je vous en réserve ?

– Oui, bien sûr. Deux.

– C'est pour Monsieur... ?

– Sabatier.

Ainsi, je suis un inconnu, aujourd'hui, dans ce petit village proche de Paris, où l'on ne reçoit pas Monte-Carlo TMC si l'on n'a pas le câble.

Pendant de très nombreuses années, outre RTL tous les matins et les émissions du vendredi soir sur TF1, j'allais le samedi et le dimanche présenter des spectacles en province ou participer à des séances de signatures. Ces rencontres avec le public m'ont donné la véritable dimension de ce que je faisais. Aucun de ceux qui débutent à la télévision ne prend la mesure de la célébrité particulière que cette dernière est seule à donner. Une grande chaîne de télévision vous fait connaître de tous. Aujourd'hui, les animateurs qui sont sur TF1 ou France 2 et présentent des *prime time* doivent avoir un taux de notoriété entre 90 et 100 %. En gros, tout le monde les connaît. Ça veut dire quoi ? Ça signifie que votre « bobine » est repérable partout. Mais cela n'a rien à voir avec « on vous aime...

on ne vous aime pas ». Etre connu n'est pas la même chose qu'être reconnu.

Tout à coup, le personnage qu'on voit partout est vous et n'est plus vous. On finit par être le spectateur de soi-même. C'est un phénomène très troublant, qu'il n'est pas facile de maîtriser. Cela transforme un homme, le malaxe, peut le rendre mythomane ou schizophrène. Mais le dédoublement est encore plus perturbant pour ses proches. Quel est l'animateur de télévision ou le journaliste célèbre qui, se voyant sur le petit écran, n'a pas été, un jour ou l'autre, désarçonné par le regard que pose sur lui son enfant ? Il se demande qui vous êtes vraiment : papa ou celui que vous regardez ensemble ? Bien sûr, ce jeu entre la réalité et l'image l'amuse, mais en même temps il ne comprend pas très bien qui est le vrai, qui est le faux. *Pendant la pub* est une émission en différé. Il arrive que Margaux et Thomas la regardent pour une raison précise. Ainsi, l'autre jour, Samuel Le Bihan parlait du *Pacte des loups*. Au fil des années, le trouble où mon dédoublement jette les miens a pris la forme de l'humour. « Dis donc, qui c'est ce type qui interviewe Le Bihan ? »

Mes enfants ont bien vécu mon état de « vedette de la télé », le défilé à la maison de gens célèbres que les autres ne voient qu'au cinéma. Mais au fond d'eux-mêmes, que pensent-ils quand ils lisent dans certains journaux que je suis l'homme le plus malheureux de la Terre ou que je suis au bord du divorce ? C'est la rançon de la célébrité : on devient un personnage public sur lequel certains journaux brodent des histoires. Et ces journaux ont leur raison d'être, puisqu'ils ont leurs lecteurs, qui aiment les fables sans être pour autant des gens méprisables. Il faut donc les laisser fabuler aussi longtemps qu'ils ne dépassent pas les bornes. S'ils vont vraiment trop loin et passent de l'imaginaire à l'outrageant, on est bien obligé de les assigner en justice, et je l'ai fait plusieurs fois. Avec succès, mais sans être gagnant, car dans ce genre d'affaires on est perdant dès que le journal a paru. C'est pourquoi il faut bien placer la limite. Un article peut être désagréable sans être blessant, vif sans être injurieux, mensonger sans être ignoble. Mais il ne doit pas manquer au minimum de respect dû à tout être humain.

Ce ne sont pas des nuances faciles à expliquer à des enfants. Quand vous leur avez enseigné à ne pas mentir, à respecter les autres, à mériter leurs succès, allez donc leur expliquer que le mensonge fait partie du jeu ! Qu'il n'y a rien de vrai, mais rien du tout, dans la brouille entre papa et maman, qu'il y a toujours entre eux autant d'amour, autant de marques de tendresse, mais qu'il faut laisser dire ces inepties sans broncher. Que papa n'est pas au courant de son énième « retour à la télévision » annoncé comme imminent. Isabelle, qui est du métier, connaît l'air et la chanson de la célébrité médiatique. Je lui suis très reconnaissant d'avoir toujours admirablement réussi à en désamorcer les dangers. Ensemble, nous avons tenu aux enfants le même langage : « Dans la vie, aucune situation ne peut avoir que des avantages. Nous avons beaucoup d'avantages, nous passons de belles vacances dans de beaux endroits. Votre père organise sa vie de façon à être souvent avec vous. Son travail lui permet de côtoyer des gens intéressants. Tout cela a une contrepartie. On invente à son propos des histoires qui n'ont rien à voir avec la réalité. *Les Guignols* l'ont caricaturé d'une façon qui n'était pas toujours drôle. Vos camarades d'école ont ricané ? C'est le prix du nom que vous portez. Nous sommes une famille. Nous affrontons ensemble ces désagréments. Comme nous affrontons vos manques, vos impatiences, vos problèmes. Il n'y a pas de rose sans épines. »

Cela étant, je ne ferai jamais, contrairement à certains, la fine bouche devant le privilège d'être connu de tous. Je trouve qu'il crée une forme de vie sympathique. Comme lorsque j'étais un gosse des rues. Simplement, l'Hexagone est devenu mon quartier. Il y a quelques années, dès que je mettais un pied dehors, on me tendait un crayon ou un stylo, on me prenait en photo avec un enfant – le stylo était à sec et l'appareil ne se déclenchait pas, mais cela fait partie du jeu ! –, et je signais ou posais de bon cœur. Les autographes sont un plaisir pour celui qui les récolte, mais plus encore pour celui qui les signe.

J'aime le contact avec les gens. Entendons-nous bien, cela ne signifie pas que j'aime tout le monde, Dieu merci ! Il y en a avec qui je ne passerais pas une heure dans une soirée. Mais même chez ceux-là, il y a souvent quelque chose de meilleur qui fait oublier le pire. Je crois profondément que l'homme est capable du pire et du meilleur. J'entends par là le même homme, selon le moment et les circonstances. Il n'y a pas de héros définitif ou de salaud irrémédiable. Il y a des gens, avec leur force et leurs fragilités.

Quand on a admis cela, on comprend mieux les faits et gestes de ceux qui nous entourent. Je ne suis pas partisan du pardon systématique, mais avant de porter un jugement, je veux toujours comprendre ce qui a amené l'autre à agir de telle ou telle façon. Moi-même, je n'échappe pas à la règle. Parfois très bien, parfois bien, parfois minable.

La semaine dernière, Thomas, qui est âgé de onze ans, s'est fait punir à l'école. C'est un enfant espiègle, qui me fait souvent rire par ses réflexions cocasses, et cela n'est jamais très bon pour la discipline.

– C'est injuste, proteste-t-il. Je n'avais rien fait. En plus c'est un prof complètement nul qui a demandé l'heure de colle.

– Juste ou non, c'est la vie, et il faut l'admettre, comme on accepte les règles d'un jeu de société.

Je me disais que, si le prof est vraiment injuste, ce qui n'est pas du tout certain, cela n'est pas trop grave.

Lorsqu'il s'agit d'un juge d'instruction, l'heure de colle abusive peut se transformer en garde à vue, menotté au radiateur. Dure règle du jeu !

Pour accepter la règle du jeu de la vie, il faut faire en sorte que le jeu soit intéressant. Dès que mon tour est venu de jouer, j'ai eu envie de faire quelque chose de pas ordinaire. Ce sentiment-là, on ne peut pas le décrire, mais il me faisait me sentir différent. Pas supérieur, différent. Car je n'aime pas l'ennui lié à la norme, les gens trop rangés, le côté « on ne parle pas à table » de la vie bourgeoisement classique. Si je m'ennuie en société, je garde le silence. « Fais un effort ! » me dit Isabelle. J'ai toutes les peines du monde à paraître m'amuser.

La façon dont on joue au jeu de la vie dépend de l'idée que l'on se fait du bonheur, de la manière dont on le cherche. Devant un nouveau venu, je me demande toujours : « Et toi qui me fais face, comment te débrouilles-tu avec les cartes que la vie t'a données ? Explique-moi ! » C'est la question fondamentale, celle qui, dans mes interviews, se profile derrière toutes les autres.

Aujourd'hui, étant moins « visible » qu'au temps de mes émissions grand public, je lis parfois dans les regards : « Où diable l'ai-je vu, celui-là ? » Est-ce que j'en souffre ? Ma femme m'a dit, un jour :

– Tu dois être content. Tu fais quelque chose qui te plaît, on t'aime bien, les enfants ne sont plus harcelés comme au temps où tu étais trop connu.

Incontestablement, ce sont des avantages.

Pourtant, quelque chose me manque bel et bien. La célébrité ? Les demandes d'autographes ? Non. Plutôt l'excitation qui accompagne la préparation des grands shows télévisés. Pendant les quinze jours qui précèdent, on ne pense qu'à ça et il n'y a que ça qui compte. Mettre au point un spectacle que tout le monde verra, quel plaisir !

Sur l'écran du téléviseur de mon bureau, l'émission *Exclusif* de TF1 s'interrompt. On annonce la mort de Charles Trenet. D'instinct, je me tourne vers mon affiche, comme pour y chercher un démenti. Il est là, souriant, allègre, éternel, celui dont je connais tant de chansons par cœur. L'affiche le montre tel qu'il s'est dessiné lui-même, en quelques traits enlevés, blancs et rouges sur fond bleu, un peu dans le style de son ami Cocteau. Cette affiche, il nous l'a offerte. Elle est dédicacée à Isabelle, qu'il surnommait « la belle Sabatière ».

Il avait fait dans mes émissions quelques apparitions occasionnelles quand je me suis mis en tête de lui consacrer un *Spécial Trenet*. Enfin, il en a accepté le principe. Un samedi, nous avons donc pris l'avion pour lui rendre visite dans sa propriété des Milles, près d'Aix-en-Provence. Son secrétaire, Georges, est venu nous chercher :

– Il est heureux de vous voir. Il vous attend pour déjeuner.

Il était 2 heures de l'après-midi et la table était dressée dehors, dans la belle cour carrée. Cette table, nous ne l'avons pas quittée avant 3 heures du matin.

Il était là, souriant, dans un costume clair de touriste en pays de soleil. Nous avons discuté de l'émission. Nous espérions de lui non seulement des chansons, mais des interviews de toutes sortes. D'accord sur tout. Il a observé au passage qu'il n'aimait pas beaucoup la télévision et qu'un *Spécial* ne l'intéressait pas vraiment. Mais il se montrait curieux des moindres détails, que je devais inventer au fur et à mesure car, bien entendu, rien n'était encore arrêté.

– Pourrons-nous montrer des photos de votre album ?

– Mais bien sûr, voyons.

Et il envoyait chercher les photos qu'il nous montrait d'un geste large, comme s'il faisait face à d'invisibles caméras. Des heures durant, il a plaisanté, raconté, sans paraître incommodé le moins du monde par les quantités stupéfiantes de Cointreau qu'il avalait, verre après verre. Il évoquait sa vie, son art, sa mère qu'il adorait, Jean Cocteau... Cet homme, qui prétendait ne pas s'intéresser à la télévision, était au courant de tout ce qui s'y passait.

Pourtant, dans ce feu d'artifice verbal, certaines cartes n'étaient pas tirées. Pas la moindre allusion, par exemple, même très indirecte, à son homosexualité, à la façon dont il la vivait. Aujourd'hui, je crois que je lui aurais posé franchement la question. Non par indiscrétion, bien sûr, mais parce que c'était quelque chose de capital, qui colorait la gaieté de cet homme, peuplait ses chansons de sous-entendus, dominait sa vie. Peut-être serais-je allé jusqu'à lui demander pourquoi, riche comme Crésus et sans descendance, il n'avait pas adopté d'enfant.

A l'époque, au milieu des années 80, ces questions ne pouvaient pas franchir mes lèvres. Elles me paraissaient déplacées. Je n'avais pas encore assez vécu pour savoir que ce sont les seules qui comptent. Celles qui sont susceptibles de faire évoluer les mentalités. Je ne maîtrisais pas la situation et je n'y étais pas à mon avantage.

Avec le recul, je comprends le non-dit de ce festin, ces fausses confidences. Il racontait sa vie, mais il ne se racontait pas. Nous étions cinq autour de la table. Outre Trenet, Isabelle, Georges, le secrétaire, et moi-même, il y avait là un étrange garçon dont j'ai oublié le nom. Blond décoloré, coiffé à la Trenet, chantonnant à sa manière. Ce clonage était drôle et un peu gênant, presque pathétique. Dans les rapports entre les deux Trenet, que séparait un demi-siècle, il n'y avait pourtant rien d'ostentatoire, comme cela arrive dans certains couples homo, devant lesquels celui qui ignore les rites du clan se sent parfois un peu mal à l'aise.

Charles était protecteur et charmeur. Il a pris Isabelle par le bras :

– On va la faire, cette émission. Il a l'air d'y tenir tellement, votre Patrick !

Et c'est vrai, j'y tenais. Je crois qu'il sentait que je l'aimais, que je n'étais pas un animateur de télévision en train de lui extorquer une émission, mais un admirateur, un fan en extase. Vers 9 heures du soir, il a demandé à Trenet *bis* d'aller chercher un tourne-disque. Et dans cette belle cour à l'italienne dont le centre s'ornait d'une fontaine, il s'est mis à chanter avec nous tous, entre deux gorgées de Cointreau, superposant sa voix vivante à sa voix enregistrée, infatigable, incroyablement juvénile pour ses soixante-treize ans. Je chantais aussi, et ce singulier karaoké me faisait tourner la tête.

A 3 heures du matin, nous avons pris congé. Il m'a lancé :

– On va la faire, cette émission. Au revoir !

Par la suite, nous nous sommes revus à plusieurs reprises sans qu'il m'en reparle. La dernière fois, c'était au Palais des Congrès, dans sa loge. Il était en peignoir éponge, une serviette autour du cou comme un boxeur qui sort du ring – un boxeur qui, depuis longtemps, n'avait plus d'adversaires à sa mesure. Et toujours aussi chaleureux, aussi amical. J'ai osé faire allusion à mon *Spécial Trenet* passé en pertes et profits. Il s'en est sorti par une pirouette :

– Ah, oui, c'est vrai ! Mon Dieu, comme la vie passe ! Mais on fera ça quand vous voudrez. Vous serez toujours les bienvenus !

On a beau être un animateur très en vue, on ne traite pas Charles Trenet comme un chanteur qui vous a fait faux bond. D'ailleurs, pourquoi serait-il venu sur le plateau ? L'émission, il l'avait faite. Mais pour nous seuls.

Des amis étrangers à mon métier me demandent parfois de leur décrire le monde de la télévision « vu de l'intérieur ». Je suppose qu'un médecin invité à faire le portrait de l'hôpital où il travaille, un banquier celui de sa banque éprouveraient la même difficulté que moi. A la télévision, il y a ceux qui sont à l'antenne et ceux qui n'y sont pas. Pour la plupart, les premiers ont ressenti, à un moment ou l'autre, l'envie de faire le métier qu'ils exercent. L'animateur est, quelque part, un saltimbanque. Je n'en connais pas qui fassent ce métier à contrecœur. C'est à ce titre que, tout naturellement, ils attirent ma sympathie, bien qu'il s'agisse de gens très différents – PPDA ou Ardisson, Lagaf' ou Paul Amar. En tant que professionnel, je ne partage pas tous leurs choix, mais je me sens très proche d'eux dans la conscience de notre fragilité commune. Quand on les connaît, on s'aperçoit que c'est bien cela qui nous unit.

Je suis toujours mal à l'aise pour parler des « collègues », comme on dit à la Poste. Qui suis-je pour me permettre de donner publiquement mon avis sur tel ou tel animateur ? Ceux qui me suivent depuis longtemps savent que certains noms, prononcés à l'antenne lors de mes émissions, me sont plus agréables que d'autres. Généralement, cela se voit. Et ceux que j'aime le savent.

Thierry Ardisson vient de la publicité. Elle lui a donné son style. « Chez lui, on ne parle que de cul et de drogue ! » disent certains en le caricaturant. Or ce n'est pas cela du tout. Il a innové en créant un comportement bien différent de celui de l'animateur classique. Sur l'écran, il a l'air de mener une conversation un peu provocatrice, destinée à pousser son interlocuteur dans ses retranchements, à lui faire dire ce que, de lui-même, il tairait certainement. Il a d'abord animé le dimanche après-midi sur TF1. Il frappait par ce côté efficace, concis et volontiers choquant de la pub, qui a pour objet d'interpeller le client, et dont la règle d'or est de n'être jamais banale. Impertinent et parfois davantage.

Ardisson est tout sauf inodore et sans saveur. C'est ce qui me plaît en lui. Pourtant, son tempérament est éloigné du mien sur bien des points. S'il sort moins aujourd'hui, il n'a jamais caché avoir été un oiseau de nuit attiré par les excès qu'elle propose. Mon côté travail à l'aube et eau minérale n'a rien pour le séduire.

Mais il m'a dit un jour qu'il aurait aimé inventer *Le Jeu de la vérité*, et cela m'a touché. Lui non plus ne s'intéresse pas seulement à ceux qui lui ressemblent. Il a multiplié les émissions anticonformistes, toujours avec succès, *Lunettes noires*, *Télé Zèbre*, *Double jeu*. Contrairement à moi, dont la patrie est le *prime time*, c'est l'homme de la deuxième partie de soirée. Type même de l'animateur branché, il a longtemps été en avance sur son temps, qui a fini par le rattraper. Pour les acteurs, les chanteurs, les artistes, « aller chez Ardisson » est quelque chose d'enviable. D'autant que Thierry est un très gros travailleur. Il prépare longuement ses émissions et ses fiches et il est soucieux de donner à tout ce qu'il fait un cachet particulier, qu'on ne retrouve pas ailleurs. Il est l'un des rares à être cultivé, il a de l'esprit, il est *witty*, comme disent les Anglais.

Christophe Dechavanne, avec son *Coucou c'est nous* sur TF1 à la fin des années 80 et au début des années 90, a révolutionné la façon de faire de la télévision. Il a créé ce que j'appellerais le style potache : une attitude naturelle, spontanée, décontractée, entre fouillis et improvisation, qui lui a d'emblée valu le public jeune. A *Ciel mon mardi !* il menait habilement un débat de société étonnant, méli-mélo de participants, parfois masqués, dont il orchestrait avec talent la cacophonie, toujours prêt à jeter de l'huile sur le feu s'il menaçait de s'éteindre et à faire valoir une opinion intéressante ou originale. Cela passait très bien à l'antenne. Dechavanne a les défauts de ses qualités. On lui reproche de parler trop vite, de couper la parole à ses invités, d'envoyer certains d'entre eux dans les cordes, d'être parfois approximatif. C'est précisément par là qu'il rompt avec l'animation soigneuse et respectueuse, et qu'il a affirmé sa personnalité et remporté ses succès. Son concept, c'est l'ambiance. Avec lui, on est toujours sûr de passer un moment savoureux et différent.

Lagaf' vient du Club Méditerranée, où il a été GO. Brocardé par l'intelligentsia parisienne, son *Bigdil* quotidien est une vraie réussite, et pas seulement en termes d'audience. Lagaf' est unique dans un genre qu'on croit, à tort, facile. Avec ses vestons et ses cravates de couleur, son côté clown, il a porté à son degré de perfection l'« animation Club Med ». Il sait exactement jusqu'où il peut aller dans la familiarité, comment frôler ce que certains appellent la vulgarité, mais sans y tomber jamais. Il a le contact humain et populaire qui accroche immédiatement le très grand public. Avec des moyens gigantesques, il l'associe à des jeux de cour de récréation qui passionnent les enfants. Il n'est pas donné à tout le monde d'être le « super GO ».

Patrick Sébastien rassemble lui aussi sur France 2 le très grand public, mais avec des formules imaginatives et originales : *Carnaval*, où des artistes se déguisaient pour en imiter d'autres, *Farandole, Le Plus Grand Cabaret du monde* qui présente des numéros visuels choisis dans le monde entier. Lui aussi est mal vu des raffinés qui le traitent volontiers de démago et de franchouillard. Mais qui peut faire avec le même talent ce type d'émissions apprécié du public ? Il a connu des hauts et des bas ; pourtant, lui aussi, dans son genre, est unique et irremplaçable.

Faut-il ranger Patrick Poivre d'Arvor parmi les animateurs ? Pas plus que parmi les journalistes. Il échappe à toute classification. J'ai l'occasion de le rencontrer assez souvent, car nous sommes voisins. Sa vie est pleine de rebondissements, de mystères, de situations extraordinaires. Le soir des obsèques de sa fille, qui s'était donné la mort, il a présenté le JT de 20 heures. Comme tout le monde, je me suis posé la question : Si la même épreuve m'avait frappé, aurais-je voulu, aurais-je pu en faire autant ? Non, je serais allé hurler ma douleur loin du monde. Et puis on se dit : Et si faire le JT comme d'habitude était la façon qu'a PPDA de hurler sa douleur ?

Pour reprendre un titre de livre, la vie de Patrick est un roman. Un roman tantôt noir, tantôt rose, qui serait invraisemblable si quelqu'un s'avisait de l'écrire, tant chez lui la réalité dépasse la fiction. C'est un homme à multiples facettes, dont depuis des lustres toute la France épie l'existence. Sur le plan strictement professionnel, il m'inspire un respect amical. La réelle fidélité que lui voue le public dépasse celle des téléspectateurs à l'égard d'un journaliste qui fait bien son métier. PPDA fait partie intégrante de l'univers de chaque Français. Ce personnage intelligent, complexe, assumant ses contradictions, possède un extraordinaire charisme.

Les animatrices de télévision sont si rares qu'on peut se demander si les décideurs ne les écartent pas systématiquement du métier. Pour des raisons d'horaires, j'ai peu l'occasion de regarder les émissions de Christine Bravo, mais je l'ai invitée à *Pendant la pub*. Elle a débuté comme institutrice, puis a été journaliste au défunt *Matin*, avant d'être amenée à la télévision par le créatif et novateur Thierry Ardisson. C'est une femme franche et directe, qui ne pratique pas la langue de bois. Quand elle a proposé son émission du samedi soir, *Union libre*, réunissant des chroniqueurs de divers pays d'Europe, personne n'y croyait. Elle est allée passer une année au Mexique et, à son retour, elle a décliné toutes les propositions : « Je ferai *Union libre* ou rien. »

L'émission est un grand succès. Elle a une utilité et un sens. Elle nous familiarise de façon ludique avec le cadre européen dans lequel nous sommes appelés à vivre. Sa façon espiègle et vive d'animer me plaît. Et j'apprécie qu'elle ait eu le courage et la persévérance d'imposer son concept. L'important pour elle n'était pas de « passer à la télé », mais d'y faire passer une idée. Rares sont les gens qui vont jusqu'au bout de leur rêve.

Voilà. J'ai parlé d'Ardisson, Dechavanne, PPDA, Patrick Sébastien, Christine Bravo... Je pourrais dire du bien d'autres animateurs qui, à mes yeux, méritent également le respect. Et ils sont nombreux. Car, en y pensant sérieusement, il y a peu de gens d'antenne que je trouve insupportables. Ce que je ne peux pas supporter, c'est l'incompétence, la façon inadmissible de se foutre du public, et l'hypocrisie qui consiste à se faire passer pour ce que l'on n'est pas. Dans l'une ou l'autre de ces catégories, j'ai quelques noms à aligner. Ce sont peut-être les mêmes que vous ?

Concepteur de mes émissions, j'en ai souvent été, avec Isabelle, le producteur, celui qui prend absolument tout en charge. Produire est un métier qui a ses grands : hier Pierre Bellemare, Jacques Antoine, Maritie et Gilbert Carpentier ; aujourd'hui Anne Marcassus, Stéphane Courbit, Jean-Luc Delarue, Patrick Sébastien, Paul Nahon et Bernard Benyamin pour *Envoyé spécial*, la société Expand pour les émissions de jeux, etc.

Produire une émission n'a de sens pour moi que si, pour assurer son succès, on est certain d'être le meilleur dans ce rôle. Si je sens qu'à cette place un autre serait plus efficace que moi, je n'hésite pas. Je n'ai aucun orgueil. « *The right man at the right place...* » Il en va de même dans la chanson. Il faut savoir si l'on est auteur-interprète ou s'il existe un meilleur auteur vers lequel se tourner. Il est stupide de se croire capable de tout, à seule fin d'augmenter son pourcentage. Mieux vaut avoir 50 % d'une réussite que 100 % d'un fiasco. Quand on se sent capable de prendre en charge l'ensemble, ce qui m'est arrivé fréquemment, il faut se lancer, mais sans que cela devienne jamais une obligation ni une règle. Si demain je devais faire un *Hommage à...*, il est évident que je le produirais avec d'autres, car je n'ai pas l'habitude de ce genre d'émission. Mais en matière de production, seul compte le résultat final, et il faut n'avoir que lui en tête.

Tout le monde se souvient du scandale des producteurs-animateurs. Jean-Luc Delarue est au centre de cette affaire. Jean-Pierre Elkabbach, alors président de France Télévision, signe, pour concurrencer le secteur privé, de mirobolants contrats à des stars de l'audiovisuel afin que celles-ci viennent rejoindre le secteur public. Cela se fait d'abord dans le secret des bureaux de la présidence mais, très vite, la presse dévoile le contenu des fameux contrats, et le scandale éclate. Ce qui est reproché, en fait, à certains producteurs-animateurs, c'est de ne pas mettre « à l'antenne » l'argent qu'on leur donne, en tout cas de ne pas en mettre assez et de s'octroyer ainsi sur le secteur public de très importants bénéfices. La plupart des producteurs-animateurs sont concernés mais certains, plus malins que d'autres, passent à travers les mailles du filet critique de la presse et, à force de relations et de coups de fil à des amis journalistes, parviennent à ce qu'on ne parle pas d'eux.

Jean-Luc tient tête à Jean-Pierre Elkabbach, qui lui demande de revoir son contrat à la baisse. Ce qui est dit est dit, ce qui est écrit est écrit. Les sommes en question n'ont rien à voir avec le montant de celles que certains me reprochaient d'avoir perçues lors de mon transfert sur La Cinq. Elles sont beaucoup plus importantes. On a dit de moi que seul l'argent m'intéressait, ce qui est faux. Il y a de l'argent à la télévision, et beaucoup en profitent. Je ne juge personne, mais je n'ai pas non plus à prendre les coups pour tout le monde. Surtout quand, à un moment donné, on s'est servi de cet argument pour ne pas me reprendre, du style : « Il est trop cher... »

Le bras de fer entre Jean-Luc et Jean-Pierre, fortement relayé par la presse, a coûté sa place au président. La Cour des comptes a donné quitus à Jean-Pierre Elkabbach pour sa gestion. Qu'en est-il aujourd'hui ? Jean-Luc, pour lequel j'ai une grande estime professionnelle, continue brillamment sa carrière dans le service public, dont il est l'une des figures emblématiques, et, je suppose, avec les contrats qu'il mérite, tandis que Jean-Pierre Elkabbach est à nouveau président d'une chaîne de télévision.

En mai 1994, ce dernier m'a suggéré de faire une émission *mea culpa*. Programmée le 6 mai, elle devait être présentée par Frédéric Mitterrand sans peur et sans reproche. Elkabbach me proposait ainsi une réhabilitation publique, du genre : « Je n'aurais pas dû interviewer le guérisseur, je regrette d'avoir eu un problème avec le fisc, je ne le ferai plus... » J'ai longtemps hésité avant d'accepter. D'abord parce qu'il me semblait que je n'avais pas commis de faute professionnelle grave en invitant sur mon plateau un homme largement médiatisé (la justice m'a donné raison le 12 octobre 1995) ; ensuite parce que j'avais réglé la totalité de ma dette fiscale et que, ma foi, je considérais ce problème comme interne à ma société. Un déballage de plus ne me paraissait pas utile. Devant l'insistance et le talent de persuasion de Jean-Pierre, j'ai accepté. J'annule, à quelques jours de l'émission, ma participation quand j'apprends que Louis Bériot, alors directeur de France 2, veut intituler l'émission *Grandeur et décadence d'une star*. Je trouve ça racoleur et peu digne du service public. Inacceptable en ce qui me concerne. Je téléphone immédiatement au président et dénonce vertement le choix de son directeur.

Il me convainc néanmoins d'y participer en me précisant deux choses importantes. La première, c'est que l'émission ne portera jamais ce titre mais s'intitulera tout simplement *Une soirée spéciale avec Patrick Sabatier*. Cela me rassure quant à la dignité du programme mais m'angoisse profondément de savoir que, pendant une heure et demie, tout tournera autour de moi. La seconde, et pas la moindre à mes yeux, c'est que si l'émission marche, c'est-à-dire si son score est honorable, on me proposera un contrat pour rejoindre l'équipe de France 2. Politique de la carotte, vous l'avez compris, avec dans le rôle de l'âne votre serviteur.

Ce 6 mai 1994, TF1 contre-attaque avec un épisode inédit de *Columbo*. Résultat : un peu plus de

9 millions de téléspectateurs pour la Une, un peu plus de 7 millions pour la Deux. Je dépasse la moyenne de la chaîne. Le score est plus qu'honorable et je remercie les Séguéla, Duteil, Delon, Brialy et autres invités venus témoigner ce soir-là sur le plateau leur solidarité. Se faire dépasser par un *Columbo* inédit, tous ceux qui font de la télévision le savent, c'est normal car généralement ce genre de contre-programmation « écrase » la concurrence.

Le week-end des 7 et 8 mai est délicieux. Il est fait d'appels encourageants d'artistes, d'hommes politiques de tous bords, de journalistes qui saluent déjà mon retour. Jean-Pierre lui-même semble heureux et satisfait. Rendez-vous est pris pour la signature. J'attends encore...

Que s'est-il passé ? L'homme d'« osons » n'a pas osé. Qui l'a influencé, au sein ou à l'extérieur de la chaîne ? Pourquoi cette promesse non tenue ? Une grande partie de la presse a souligné à l'époque que, Drucker arrivant sur France 2, on ne pouvait plus m'y accueillir, l'un faisant de l'ombre à l'autre. Quant à moi, je pense que le soleil peut briller pour tous ceux que le public apprécie. De même, je n'ai jamais voulu prêter attention aux confidences de certains qui laissaient entendre que Foucault sur TF1 et Drucker sur la Deux usaient de toute leur influence auprès des dirigeants afin que je reste « dehors ».

Dans *La Rose pourpre du Caire*, Woody Allen a eu l'idée merveilleuse de faire sortir les acteurs de l'écran. Soudain, las de vivre en deux dimensions, ils rendaient visite à un spectateur privilégié et transfiguraient son existence. J'ai la chance de bénéficier de ce privilège extraordinaire : acteurs, chanteurs et autres célébrités viennent me voir. C'est toujours un plaisir pour moi de les recevoir. Et dans *Pendant la pub*, l'homme de télévision laisse place à l'homme tout court. J'écoute plus que je ne parle. C'est un rôle où je suis davantage moi-même. Aucune des personnes que je reçois ne me laisse indifférent. La durée de l'émission me permet enfin de mieux les connaître et de disposer de recul et de tranquillité pour un tête-à-tête.

Bien entendu, je n'ai pas la prétention de dissiper leur part d'ombre ou d'explorer leurs multiples facettes. Je ne prétends pas non plus décerner un ridicule tableau d'honneur en me limitant à quelques-uns de mes visiteurs à qui je trouve ce quelque chose de généreux et d'absolu. Je suis heureux de les avoir rencontrés, tout simplement.

J'admire la vitalité, la grande aptitude à « emporter le morceau » de Muriel Robin. Elle mérite qu'on lui applique le mot, souvent galvaudé, de « charisme ». Il m'est arrivé plusieurs fois de l'accompagner en week-end à Courchevel pour Les Femmes en or, un hommage aux femmes qui se sont distinguées pendant l'année écoulée. A chaque fois j'appréciais davantage son humour et un enthousiasme qui ne la prive ni de subtilité ni de lucidité.

Lorsqu'elle fête le succès d'un spectacle, je fais partie de ceux qui se retrouvent autour d'elle. Avec les autres, je me laisse prendre dans son tourbillon. Quand je l'ai interviewée pour *Paroles de femmes*, elle venait de perdre son père – j'avais la chance d'avoir encore le mien. J'ai admiré sa sérénité et sa force dans le chagrin, sa façon de prendre la vie à bras le corps et de se dire : « Assez pleuré, on continue ! » Je la suppose aussi fragile que chacun d'entre nous, mais même si elle traverse des périodes de solitude ou de tristesse, ce qui prévaut toujours, c'est son besoin des autres. Et c'est pourquoi les autres ont besoin d'elle. De cette forme de générosité qui la pousse à nous emporter tous dans son rire, comme on se serre gaiement dans la voiture pour partir en excursion. Pour cette femme qui ne se prend pas un instant au sérieux, la vie est loin d'être une chose futile.

On a connu et aimé dans *Notre-Dame de Paris* Hélène Ségara, aujourd'hui managée par Orlando, le frère de Dalida. Je l'ai reçue à *Pendant la pub*. Elle m'a frappé par un trait : c'est le type même de l'artiste que talent et succès rassurent et épanouissent comme l'eau sur une fleur. Elle est de plus en plus belle, de plus en plus naturelle, de plus en plus clairvoyante et heureuse dans son métier. Quand j'ai dit à mes amis que j'aimais Hélène Ségara, certains m'ont gentiment chambré : « Ah, la chansonnette ! » Mais je n'ai jamais eu honte d'aimer qui j'aime, comme ceux pour qui il est « mal » d'aimer Ségara et « bien » d'aimer Jonasz. La chanson, comme tout art, doit d'abord parler au cœur et passer par l'émotion pour arriver à l'intelligence.

Florent Pagny a une voix belle et puissante qui lui permet d'interpréter aussi bien le répertoire de Caruso que la variété. A un certain moment, les journaux *people* se sont intéressés à lui pour transformer en idylle marketing son histoire d'amour avec Vanessa Paradis. Il en a fait une chanson, *Presse qui roule*, qui ne lui a pas valu beaucoup d'amis chez les marchands de papier. Puis l'amour l'a conduit en Argentine, où il vit maintenant six mois par an dans une *estancia* éloignée de tout. Quand il est venu à *Pendant la pub*, j'ai passé des photos de lui à cheval dans la pampa, coiffé du bonnet indien. C'est un homme qui a choisi de vivre sans concessions à la carrière, à la réussite, aux conventions. Il est, comme Brel, de la race de ceux qui vont jusqu'au bout de leur rêve, en Argentine ou aux Marquises. J'aime ça.

Chez Daniel Auteuil, j'admire l'un des très rares acteurs vraiment complets, crédibles, susceptibles de vous faire vibrer pour les personnages les plus divers. Il avait participé à quelques-unes de mes grandes émissions sur TF1 dans les années 80. A l'époque, il avait joué dans des comédies à succès, mais on n'avait pas encore discerné son immense talent et la variété presque infinie des rôles qu'il est capable de tenir. C'était bien avant le Ugolin de *Manon des sources* ou *Le Bossu*. Aujourd'hui, Daniel Auteuil est devenu une grande star. Je ne l'avais pas revu depuis dix ans. Au début de l'an 2000, à l'occasion de la sortie du film *Le Placard* de Francis Veber, avec Gérard Depardieu et Thierry Lhermitte, j'ai demandé à son attaché de presse s'il voulait venir à *Pendant la pub*. « Mais tu n'y penses pas ! Il est mal à l'aise à la télé et il y va le moins possible. » Acceptait-il que je l'appelle directement ? Je déteste « doubler » les attachés de presse des artistes, qui ont un rôle déterminant dans le casting d'une émission. Réponse : « Fais-le, Patrick, mais tu as très peu de chances. »

J'ai laissé un message sur son répondeur. Deux heures plus tard, il m'a rappelé et nous avons eu une longue conversation qui s'est achevée par : « D'accord, je viens. » Et nous avons vécu cent minutes formidables. Daniel Auteuil n'aime pas passer à la télévision parce qu'il est à la fois pudique, sincère et, comme tous les gens intelligents, conscient que rien n'est simple. Quand on a une explication à tout, on est beaucoup plus à l'aise. Il possède ce que j'apprécie plus que tout : le sentiment violent de l'intensité, de la brièveté et de la richesse de la vie, ce que la poésie romantique appelait la « fuite du temps » et qui donne à chaque minute une incomparable saveur. Il a parlé avec beaucoup d'émotion de son travail d'acteur : « Il fait ressortir toutes mes émotions et c'est pour cela sans doute qu'il me semble facile. » Facile ! Quand quelqu'un fait de façon éblouissante quelque chose qui est à mille lieues de ce dont je suis capable, je suis transporté d'admiration. Auteuil, comme Depardieu, Serrault et quelques autres, réussit la prouesse de se glisser dans toutes les âmes.

En José Garcia, c'est la vitalité qui me plaît. J'aime les gens vifs, pétillants, ces espiègles intelligents qu'enfants nous aurions aimé avoir pour voisins et grands copains à l'école, tant on sent qu'on ne s'ennuiera pas avec eux. José a longtemps fait des sketches pour *Nulle part ailleurs* de Canal Plus, avec Antoine de Caunes. Puis il a « éclaté » dans le rôle difficile du profiteur-victime de *La vérité si je mens* n° 2, où il crevait l'écran. J'en ai été très content, car je savais qu'un jour ou l'autre cela se produirait.

En écrivant ces quelques mots sur chacun, je m'aperçois à quel point ce que je fais est réducteur, voire caricatural. C'est peut-être parce que je n'ai plus l'habitude d'aller vite. Depuis des années, je consacre du temps à l'écoute. Alors, quatre lignes par-ci, dix lignes par-là pour décrire une rencontre ! Décidément, je suis meilleur à l'oral !

Je connais Mimi Mathy depuis une quinzaine d'années. Très vite, nous sommes devenus amis et nous sommes vus « hors antenne ». Ai-je été touché par ce qu'on appelle sa « différence » ? Je crois que ce qui m'a frappé, c'est sa façon de l'affronter et d'en faire un atout maître. Elle a d'abord fait partie du *Petit Théâtre de Bouvard*, formant un trio de comiques avec Isabelle de Botton et Michèle Bernier. Mais son talent n'était pas de petite taille, et c'est lui qui l'a imposée. C'est une comédienne capable de bien plus que de ce qu'on lui demande le plus souvent. Elle avait, d'emblée, envie de vivre intensément et d'aller vers les autres. Par nature, elle appartient à la famille des hypergénéreux, et ce don de soi total, cette passion de mettre à l'aise l'autre et de se moquer gentiment de soi-même font sa force. En amitié, c'est une femme ouverte, compréhensive, qui sait écouter, un de ces êtres – j'en connais pour ma part une quinzaine – avec qui les coups de téléphone s'éternisent volontiers et s'échangent pour le plaisir, sans qu'il soit nécessaire de parler métier. Elle n'a jamais joué de sa singularité, dans le style : « Je suis petite, donc laissez-moi passer ! » C'est plutôt : « Regardez ce que je sais faire ! » C'est pour le montrer qu'elle a quitté Les Filles, trio qui avait beaucoup de succès, et tenté une carrière en solo. Elle a eu raison.

J'admire et j'aime, dans tous les domaines, des artistes très différents. Je suis toujours candidat à l'émotion, au rire, au rêve. Au voyage accompagné, qu'il le soit par un film ou une chanson. Le plaisir n'a rien à voir avec le « politiquement correct ». Hier, je suis passé devant une boutique d'art et j'ai lu en vitrine : « Ici, on vous fait le tableau que vous désirez. » Intrigué, je suis entré. Il s'agit de copies de chefs-d'œuvre. Le client choisit celui qui lui plaît, et il est réalisé à son intention. Ces copies m'ont donné de grandes émotions, tant elles étaient remarquablement exécutées. Je l'ai dit à la propriétaire du magasin et elle m'a répondu : « Il est rare que les gens l'avouent. » Là encore, il est politiquement correct de faire semblant d'être ému par les seuls originaux, alors qu'il faut être un expert averti pour distinguer le vrai du faux. Bien sûr, je n'oubliais pas que ce Van Gogh n'était pas « un vrai ». Mais il était superbe, et il m'emmenait, lui aussi, en voyage.

Je me suis renseigné sur la clientèle de cette boutique. Elle est de deux sortes : ceux qui veulent faire croire qu'ils possèdent un tableau de maître, et ceux qui veulent trouver du plaisir à en contempler la reproduction. Toujours la même éternelle distinction entre avoir et être. J'ai envie d'acheter des copies. J'en changerai de temps en temps, passant, dans mon bureau, de Vermeer à Picasso. Personne autour de moi ne pensera une seconde que ce sont des originaux. Moralité : il ne faut jamais bouder son plaisir.

Comment naissent les idées d'émissions ? Il est difficile d'en trouver de nouvelles, car beaucoup de choses ont été faites, et bien faites. Mais le seul fait de chercher me plaît. J'éprouve beaucoup d'inquiétude quand je ne trouve rien – et croyez-moi, cela arrive souvent – et une grande satisfaction lorsque je tiens une idée et que j'y crois. Quand deux, puis trois, puis dix, et enfin des millions de personnes disent : « J'y crois aussi », c'est un plaisir partagé et, ne le cachons pas, une fierté professionnelle. Beaucoup d'idées à moi en ont inspiré d'autres ; d'abord furieux d'être plagié, je me suis dit que cela aussi faisait partie du jeu et qu'il fallait l'accepter. Certains le font honnêtement, en me prévenant, mais la plupart ne s'embarrassent pas de scrupules.

Devant ma feuille blanche, devenue petit écran, je visualise des choses que je suis seul à voir. Dans ma tête, les phrases se transforment en séquences. Et la feuille prend le chemin de la corbeille. Jusqu'à ce que j'aie inscrit quelque chose qui mérite d'être conservé. Contrairement à certains, qui vont aux Etats-Unis en quête d'une formule à adapter, relancer ou imiter, je ne suis jamais parti que de moi-même. Et je fais avec les moyens du bord, avec ce que je vois et ce que je sens. Aussi, je me considère comme un artisan. Ce sont des créations originales et simples. Faire à quelqu'un une belle surprise dans *Porte-bonheur*, retrouver les copains perdus de vue dans *Avis de recherche*, transformer un inconnu en vedette d'un jour dans *Tous à la Une*.

J'ai conçu de nombreuses émissions. Celle dont je suis le plus fier consistait à aller chercher les camarades de classe d'une célébrité et à les remettre en présence. C'est l'une de ces idées toutes simples dont même ceux qui ne l'ont pas eue se disent après coup : « Mais bien sûr ! » J'ai élargi l'album pour *Toute une vie dans un dimanche*. Il s'agissait de retrouver des gens qui avaient marqué la vie d'une star. Mon premier invité, Serge Lama, se souvenait d'une infirmière qui, dix-sept ans plus tôt, après un terrible accident, l'avait soigné avec un dévouement merveilleux. Quand il l'a revue, l'émotion a pris le dessus.

L'idée qui allait aboutir à *Porte-bonheur* m'a effleuré pour la première fois dans un couloir de la Maison de la Radio quand j'ai vu un journaliste partir en reportage avec son Nagra, magnétophone très lourd mais d'une extraordinaire qualité. Je me souviens d'avoir dit à Roger Picard, mon ami et collaborateur :

– On devrait essayer de faire la même chose à la télé. Faire entrer une caméra chez les gens comme on fait entrer un magnétophone. Pourquoi pas ?

L'idée a fait son chemin dans mon esprit. Un jour, j'en ai parlé à une jeune femme que nous avions engagée pour s'occuper du courrier de *Atout cœur*. Elle était belle, blonde, elle s'appelait Isabelle. Dès la première minute, je ne l'ai pas regardée d'un œil strictement professionnel. Consciencieuse et douée, elle avait très vite assimilé ce qui fait ce métier.

– Voilà. On débarque chez des gens. Des gens qui nous ont été discrètement signalés par des amis ou des voisins parce qu'ils font du bien autour d'eux. On les félicite, on les fête, on leur fait de beaux cadeaux.

Elle m'a souri, mi-attendrie, mi-narquoise.

– Ce serait sponsorisé par l'abbé Pierre ?

– Non, par la télé. Après tout, il n'y a pas de mal à faire le bien.

Isabelle est devenue ma femme. Si *Porte-bonheur* y est pour quelque chose, il a bien mérité son nom. Dès la deuxième émission, en novembre 1983, le grand succès a été au rendez-vous.

Pourtant, les décideurs s'étaient montrés réticents. Nous recevions des milliers de lettres, et le choix des élus était difficile. Je n'oublierai jamais un adolescent prénommé Pascal, dont une vieille dame en banlieue parisienne nous avait signalé l'aide réconfortante et dévouée. Nous lui avons offert tout ce dont il rêvait : un camping-car pour sa famille, un vélo, un magnétoscope et une chambre à coucher. Une autre fois, nous avons équipé un jeune boulanger en difficulté dont la faillite menaçait la survie d'un village. Afin que la surprise en soit une pour l'heureux élu, il fallait user de ruses de Sioux. Un jour, nous avons déguisé un car-régie en car militaire et les techniciens étaient tous en treillis ! Aujourd'hui, *Stars à domicile* fait jouer les mêmes ressorts.

Après les inconnus, les vedettes. Le public pourra leur poser en direct toutes les questions qu'il souhaite. Ce sera *Le Jeu de la vérité*. Pour la seule année 1985, je me suis engagé à fournir à la chaîne dix *Porte-bonheur* et vingt *Jeu de la vérité*. Même ceux qui n'aiment pas ce que j'ai fait alors m'ont reconnu un mérite : « Il a su inventer. » En télévision comme ailleurs, on n'invente pas grand-chose, mais on peut innover. Il est très difficile de découvrir une idée qui fasse s'exclamer : « Mais bien sûr ! » Cela représente de nombreuses heures de réflexion et de travail, et des rames de feuilles noircies.

Quand je présente un projet quel qu'il soit, il est au point, « séquencé », budgété, le décor est prévu. Je conçois seul, mais je soumets mes idées à Isabelle. Elle est exigeante et quelquefois, quand une idée ne lui convient pas, je peux être de mauvaise foi en lui lançant un « Si tu n'aimes pas, c'est que ça va marcher ». Mais elle élève le débat et j'aime notre confrontation. Je lui oppose mes arguments : « Si on fait comme tu le proposes, ce sera hermétique ! » Parfois, c'est elle qui a raison. Elle a toujours eu plus de recul, moins d'emballement dans l'enthousiasme. Elle s'occupe de toute la mise en œuvre de mes émissions : moyens humains et techniques, communication. Je suis l'animateur, elle la productrice, elle veille à ce que le montage soit bien fait, l'émission livrée dans les délais prévus et sous une forme achevée, le concept respecté tant au niveau de l'audio que du visuel.

Je travaille pour le grand public, la foule, la masse. Je n'en ai pas honte. Donc, je vais à la solution la plus simple, celle que tout le monde comprendra. C'est la meilleure. Surtout, dans le gâteau qu'on cuisine, pas de recette compliquée, de millefeuilles d'idées destinées à se faire valoir l'une l'autre ! Retrouver ses copains de classe, découvrir ce qu'ils sont devenus après tant d'années, tout le monde en a rêvé un jour ou l'autre. De même, chacun aimerait pouvoir interroger une star inaccessible qui lui dirait tout.

Mes émissions, on les aime ou on ne les aime pas, mais, si on les aime, on les adorera vite. Elles sont linéaires, évidentes, limpides. On doit pouvoir les résumer en quelques mots. Ce sont ces mots que je cherche, souvent en parlant tout seul. Si la petite phrase qui dit tout ne vient pas, c'est que ce n'est pas suffisamment clair, pas assez fort. Donc, à la corbeille ! Pour qu'une idée soit bonne, il faut qu'on puisse dire, comme pour *Le Jeu de la vérité* : « Mesdames et messieurs, ce soir, Alain Delon va répondre à vos questions. » Ou : « Mesdames et messieurs, ce soir, Muriel Robin va retrouver ses camarades de classe. » Point à la ligne.

Enfin, l'émission doit ressembler à la phrase qui la résume et l'annonce. Le titre est donc au premier degré. Sauf *Pendant la pub*, qui était un clin d'œil : l'émission passant sur une chaîne câblée, il fallait attirer l'attention, éveiller la curiosité. Comme si, ouvrant une petite boutique face à un grand magasin illustre, je l'appelais : « En face de la FNAC ». Ou encore comme au judo, où l'on joue de la puissance de l'adversaire.

– Est-ce que vous accepteriez de faire une émission sur cette idée ?

– Je vais réfléchir. Je vous donnerai ma réponse demain.

Alain Delon raccroche. Il m'a pris sans hésiter au téléphone, alors que je l'appelle pour la première fois. Je suis, comme toujours, émerveillé par ce privilège.

Le lendemain, il me rappelle :

– C'est d'accord. Votre idée me plaît. Venez me chercher le 10 janvier à Roissy.

Nous sommes en mai, à huit mois de la date fixée. Or il n'existe pas l'ombre d'un contrat entre nous. Nous ne sommes pas, loin de là, de vieilles connaissances qui peuvent s'en passer. Nous n'avons fait qu'une seule émission ensemble.

Je vais trouver la direction de TF1. A l'époque, j'assure en *prime time* un vendredi par mois, et l'on vient de me donner les trois autres à animer, à charge pour moi d'inventer une formule. Face à moi, Hervé Bourges, président de la chaîne.

– Voilà, dis-je. Ce sera *Le Jeu de la vérité*.

– Qu'est-ce que c'est que ça ?

– Quand je fréquentais les jolies colonies de vacances, l'une de nos distractions préférées, le soir, était d'allumer une bougie sous la tente pour jouer au « jeu de la vérité ». La règle : tout se dire, ne rien dissimuler. On pose des questions, du genre : « Est-ce que tu as déjà eu envie de m'embrasser ? » et l'autre doit répondre comme si sa vie en dépendait.

Je propose de faire jouer ce jeu à une personnalité très connue. Les téléspectateurs auront le droit de tout lui demander, comme à la colo. Il faudra tout de même prévoir un ou deux jokers, pour permettre d'écarter une question vraiment trop gênante. Mais je ne veux pas de guimauve. Il faudra poser de vraies questions. Les masques doivent tomber.

– Pas mal, votre idée !

Puis, l'inévitable :

– Mais, mon pauvre Patrick, aucune grande vedette ne voudra participer à votre émission.

– J'ai déjà quelqu'un.

– Qui ça ?

– Delon.

Il me regarde, impressionné. Le Samouraï n'a pas la réputation d'un homme commode.

– Ah bon ! Alors, si vous avez Delon, c'est d'accord !

Les mois passent. Aucune nouvelle de la star. Une pensée m'obsède : « Hormis sa parole, tu n'as rien. » J'ai confiance mais je vois tout de même arriver avec inquiétude Noël et le Nouvel An. Aurait-il oublié ? Le 7 janvier au matin, Delon m'appelle.

– Alors, mes billets Genève-Paris, vous me les envoyez, oui ou non ?

Il a tenu parole. Je vais le chercher le 10 à l'aéroport et, le lendemain, à 20 h 30, nous voici en direct.

Pâle sous mon maquillage, j'ai conscience de jouer gros. Mon concept va-t-il marcher ? Il y a déjà eu beaucoup de presse pour annoncer que Delon le mystérieux allait jouer au jeu de la vérité. Lui, souverain comme toujours, remarque que je sue d'angoisse en coulisse : « T'en fais pas, p'tit gars, on va réussir ! »

L'émission commence. Delon n'esquive aucune question. Il parle sans détour de ses choix politiques, de sa liaison avec Romy Schneider, qu'il n'a jamais oubliée, de ses différends avec son fils, qu'il a publiquement soutenu pendant l'émission.

Delon était vraiment l'homme de la situation car, s'il y a une personnalité qui n'a jamais pratiqué la langue de bois, c'est bien lui. Je lui suis encore reconnaissant aujourd'hui d'avoir accepté d'être le premier. Sans lui, *Le Jeu de la vérité* n'aurait pas eu l'avenir qu'il a eu.

Les appels des téléspectateurs, dont nous ne retenons qu'une vingtaine, menacent de saturer le standard. Tout se passe admirablement. Puis nous allons dîner à la Brasserie de l'Alma. Delon est ravi de sa prestation au point de me paraître complice et copain, du moins pour un soir.

A cette époque, on mesurait l'audience d'une émission par ce qu'on appelait le « sondage Konso ». *France-Soir* interrogeait en direct cent téléspectateurs : « Qu'êtes-vous en train de regarder ? Etes-vous satisfait ? Quelle note sur 20 mettez-vous ? » La méthode peut sembler plutôt primitive, mais elle donnait des résultats assez proches de l'actuel Audimat.

A minuit moins le quart, Marie-France Brière, qui dirige les variétés de TF1, pénètre dans la brasserie où nous nous trouvons, une feuille à la main. C'est le « sondage Konso ». Les conversations, les bruits de verres et de fourchettes s'interrompent net. Nous arborons tous des sourires figés.

– Nombre de téléspectateurs : 62 %. Note : 17 sur 20, annonce-t-elle.

C'est énorme ! Un triomphe incroyable ! Embrassades et congratulations. Après un tel démarrage, l'émission se poursuivra avec succès et accueillera beaucoup de célébrités.

En mars 1985, l'invité est Guy Bedos. La partie n'est pas facile. Bedos, à l'époque, est le grand persifleur, le provocateur, l'homme de gauche qui ne met pas son drapeau dans sa poche. Il est à l'apogée de sa réussite. Moi aussi, mais dans un tout autre secteur, au sein de la télévision-institution, avec le côté « roi de l'Audimat aux dents blanches » qui peut agacer un imprécateur. Dès son arrivée, bien avant le direct, Bedos se frotte les mains en me regardant de son air le plus sarcastique :

– Ah, ce soir, ça va être le match !

Peut-être a-t-il décidé de « se faire Sabatier » ? Heureusement, j'ai déjà reçu dans cette émission Alain Delon et Bernard Tapie, et je me sens capable de lui tenir tête. Je relève le défi. Il ne me ridiculisera pas.

L'émission commence sans encombre, mais à un certain moment Bedos me lance :

– Ici, ce n'est pas l'une de vos émissions au cours de laquelle vous offrez aux gens des tracteurs.

C'est une allusion vacharde à *Porte-bonheur* où, récemment, j'ai offert à un paysan le tracteur de ses rêves. J'explique que chaque émission a son style mais je sens que la salle, très favorable à Bedos, a envie de s'amuser un peu à mes dépens. Heureusement, Bedos, à propos d'une question posée au téléphone, s'exclame :

– Ce jeu est truqué !

Là, je tiens ma contre-attaque :

– Pourquoi truqué ?

– Vous appelez les gens et vous leur demandez quelles questions ils vont poser. Puis vous faites semblant d'être surpris. Truqué !

C'est une grave mise en cause de mon honnêteté professionnelle et de la formule même de l'émission. Cette accusation ne repose sur rien. L'équipe du standard est dirigée par Anne-Marie Lamaurie, qui a longtemps travaillé pour *Les Dossiers de l'écran* d'Armand Jammot et est une spécialiste de ce poste délicat. Nous sommes évidemment obligés de choisir, parmi des milliers, les quelques candidats que nous rappellerons. Si trente téléspectateurs veulent demander à Bedos pourquoi il est de gauche ou s'il pense encore à Sophie Daumier, Anne-Marie choisit parmi ce groupe le meilleur porte-parole, celui qui a l'élocution la plus aisée et passera le mieux à l'antenne. Cela ne change rien au fait que l'élu pose en toute liberté la question de son choix. De toute façon, il est en direct et s'il lui prend la fantaisie d'en modifier la formulation ou même le sujet, rien ne l'en empêchera. Bedos est en train de démolir ma crédibilité. Il faut que je contre-attaque avec vigueur.

– Vous croyez que c'est truqué ? Eh bien, nous allons voir.

A chacun des téléspectateurs qui appellent, avant même qu'il intervienne, je demande :

– Est-ce que quelqu'un chez nous vous a orienté dans le choix de votre question ? Plus encore, vous aurait-on dit de poser telle ou telle question ?

Au cinquième « non », je demande à Bedos où est le trucage. Il bredouille une vague réponse.

Mauvais perdant, il me fait grise mine, et pendant très longtemps s'abstient de participer à mes émissions. Les années passent puis, il y a deux ans, il « consent » enfin à venir à *Pendant la pub*. Il reconnaît alors que celui qui offrait des tracteurs peut aussi donner beaucoup de temps, d'attention, de respect. Bedos s'est dit très heureux d'avoir fait cette émission, d'avoir eu le temps de s'exprimer.

J'ajouterais volontiers ce qu'il a sans doute pensé sans oser le dire. C'est que, sur une chaîne hertzienne, il aurait certes touché un immense public, mais il se serait retrouvé face à un animateur vedette ayant tendance à se mettre lui-même plus en valeur que ses invités. Lorsque j'étais en haut de l'affiche, c'était d'abord moi-même que je recevais. Mais je ne m'en rendais pas forcément compte. Aujourd'hui, je le sais. Les années et les coups durs ont un côté positif. A la longue, les choses se remettent en place.

Il y a dans notre métier deux publics. Celui, invisible, des millions de téléspectateurs, et celui des spectateurs physiquement présents à l'enregistrement ou au direct. A *Porte-bonheur*, au *Jeu de la vérité* et à *Avis de recherche*, ces derniers étaient environ quatre cents, ce qui est beaucoup. J'ai toujours aimé faire des émissions spectaculaires, entendre les applaudissements et les rires, plus généralement sentir les réactions. Toutefois, le public qui assiste à l'émission n'est pas le vrai public. Celle-ci est menée avec trop de précision pour que tout y soit spontané. Ainsi, des « chauffeurs de salle », qui correspondent un peu à la « claque » des théâtres d'antan, sont chargés de lancer au bon moment la vague des applaudissements.

Dans ce public un peu moins spontané, on trouve des habitués. Ils viennent régulièrement, s'approprient les lieux, les techniciens – qu'ils appellent vite par leur prénom – et, bien entendu, l'animateur. Puisqu'ils font partie de la famille de la télévision, ils traitent ce dernier comme un parent, chargé en quelque sorte de les représenter. Ayant toujours pensé qu'un animateur était un intermédiaire, et non une star, je joue volontiers le jeu. Il ne s'agit pas ici de la ferveur des groupies et autres fans – je n'ai jamais eu, Dieu merci, à craindre de me voir arracher ma chemise par des admiratrices en folie. Contrairement à Patrick Bruel, j'ai toujours pu manger une pizza, tranquille, sur les Champs-Elysées.

J'avais avec ceux qui venaient régulièrement me voir une sorte de complicité amicale. A la fin de l'émission, l'animateur ne doit pas se précipiter dans sa loge, comme si sa tâche était terminée. Il y a les autographes à signer, les commentaires à écouter : « Tiens, il n'a pas aussi bien chanté que d'habitude ! » ou : « Aujourd'hui, c'était très réussi, bravo ! »

J'ai eu la chance de rencontrer tous les publics : les gens pour qui la télévision est une compagne de chaque jour, un élément important de leur vie. La ménagère de moins de cinquante ans, bien sûr, mais aussi celle qui en a soixante-dix. En passant de la télévision dite généraliste à une chaîne câblée, je me suis aperçu que le nombre des jeunes augmente. Ils viennent m'attendre à la sortie de mon enregistrement de *Pendant la pub*, à l'Espace Lumière, chez Multithématiques à Boulogne. Nous bavardons. Ils me donnent des nouvelles des collègues : « Tu sais, l'autre jour, on est allés chez

Arthur ! C'était bon ! » Le tutoiement est automatique et immédiat.

Cette chaleur et cette simplicité s'expliquent aisément. Le public considère l'animateur de télévision comme un homme qui, entrant chaque jour dans son salon-salle à manger et même sa chambre à coucher, est un familier de la maison à statut spécial. Inconsciemment, il le regarde comme s'il lui appartenait. Seule la télévision donne ce privilège. On a beau posséder, dans sa bibliothèque, toute une rangée de livres de Victor Hugo, personne n'a l'idée de dire que c'est le grand-père idéal. La télé vous donne une image. Elle vous classe en gendre idéal, grand frère ou, tout simplement, ami de la famille.

Ce rapport affectif avec le public, je le connais pour l'avoir vécu plus et mieux que d'autres. Tous les vendredis soir pendant deux heures, j'étais l'hôte de tous les foyers de France. A partir de 1993, quittant TF1, je ne me suis pas trop aperçu que la grande masse des téléspectateurs avait cessé de me voir. La surprise, c'est que tout démentait le fameux « Loin des yeux, loin du cœur », d'ordinaire trop vrai. J'ai reçu un nombre de lettres incroyable, et les journaux populaires ou de télévision ont été inondés de courrier. Cela a duré longtemps. Huit années se sont écoulées et le flot ne s'est pas tari. Je reçois, entre mon bureau, les journaux et la direction de ma chaîne, entre deux mille et deux mille cinq cents lettres par mois.

Comment ce lien affectif peut-il se maintenir ? Je m'attendais à ce qu'il soit coupé et j'ai été le premier surpris de sa solidité. Il peut paraître prétentieux de le dire, mais disons-le tout de même : je suis un cas à part ou, du moins, sans précédent connu. En dehors des téléspectateurs qui, en 1993, étaient encore trop jeunes, j'ai gardé une place dans le souvenir et, du moins je l'espère, dans le cœur des Français. Mon cas a intrigué les professionnels et des études ont été menées à ce propos. Mon taux de notoriété n'a pas beaucoup fléchi. Or, chez tous ceux qui se sont éloignés du très grand public, il s'est effondré. On ne me voit presque plus au salon, pourtant je continue à « faire partie de la famille ».

Pourquoi ? Je me suis posé la question bien souvent, et je me la pose encore. J'ai une ébauche de réponse : l'effet Poulidor. En France, on a plus de sympathie pour le coureur toujours second que pour celui qui, à chaque fois, remporte la course, et de ce fait agace un peu – de même, les trop bons élèves sont rarement adorés du reste de la classe. Une autre loi s'y ajoute : quand on a un genou à terre, vos amis vous soutiennent et vos adversaires ou les jaloux ne voient plus d'intérêt ou d'agrément à vous taper dessus. Cette loi a dû jouer aussi.

– On vous revoit quand à la télé ?

Il ne se passe pas de jour sans que j'entende au moins une fois cette phrase, dans la rue, à un feu rouge, dans une boutique, à la sortie d'un spectacle... Je ne peux jamais y répondre parce que je n'ai pas de réponse. Je suis, bien malgré moi, le plus mal placé pour en donner une. Demain. Ou peut-être jamais ?

Mon cas signifie aussi que, pour la majorité des Français, la télé, ce sont les grandes chaînes généralistes. Décidément, même si le câble grignote l'audience des « grandes », il n'est pas encore familier à tous les téléspectateurs.

Ma mise à l'écart est le fait des décideurs, pas du public. C'est une grande douceur de le savoir.

Depuis près de vingt-cinq ans que j'explore la planète des artistes, je suis aussi émerveillé qu'au premier jour par la variété du paysage. Non que les artistes soient « à part », comme le croient certains. Ils ont les préoccupations et les réactions des gens dits « ordinaires ». Il est rare que l'artiste soit marqué par un signe du destin. Tout être humain a des facettes multiples. Les artistes ont eux aussi le droit d'avoir des défauts et des failles. Lorsqu'on a choisi de s'exposer au public, on est à la fois généreux, puisqu'on donne tout de soi, et égoïste, puisque pour y parvenir il faut d'abord, comme le coureur dans les starting-blocks, se ramasser sur soi-même.

L'artiste l'est souvent devenu par un hasard qui a révélé son talent et ses aptitudes. On accompagne une amie à un casting, et l'on est remarqué : « Vous devriez faire du cinéma. » C'est plus fréquent qu'on le pense généralement. Bien sûr, il y a des dynasties, mais on n'est pas nécessairement artiste de père en fils. Lorsqu'on voit chaque jour papa ou maman partir au théâtre et en tournage, lorsque des acteurs ou des chanteurs connus viennent dîner à la maison et se révèlent des gens comme les autres, il se peut même que l'enfant cesse de rêver à un monde qui, pour lui, n'a plus aucun mystère.

Certains artistes nous font rêver plus que d'autres. Telle Isabelle Adjani qui, au fil des années, est en train de devenir notre Greta Garbo. Je ne l'ai interviewée qu'une fois, à la radio, à propos de *L'Eté meurtrier* de Jean Becker, où elle avait un rôle formidable. Elle était telle qu'en elle-même, fragile merveille de beauté inquiète et menacée. Elle parlait doucement mais avec une conviction d'acier, livrant ses enthousiasmes par saccades, et se repliant aussitôt sur elle-même. A son sujet, on ne se pose même pas la question de savoir si elle est bonne comédienne. Elle est. Que ce soit au théâtre, où son « le petit chat est mort » de *L'Ecole des femmes* bouleversa toute la France, en commençant par Raymond Rouleau son metteur en scène, ou dans ses superbes compositions au cinéma, c'est une actrice déchirante et hors normes.

Elle le sait, et elle entretient son mystère. A propos de sa *Dame aux camélias*, elle n'a donné aucune interview, pas même à TF1 qui, pourtant, sponsorisait largement le spectacle. Elle se protège et, du même coup, intrigue. Comme la mythique Greta, elle surgit dans un dîner voilée et avec des lunettes noires, comme si elle venait de tomber d'une planète lointaine où tout n'est que grâce. Elle est là, mais elle est ailleurs. Et d'elle on ne peut rien dire, sinon « Adjani, c'est Adjani ».

J'avoue qu'elle m'a laissé sur ma faim. J'aurais aimé la connaître, l'écouter, la comprendre, savourer sa présence avant d'en faire profiter l'antenne. Cela ne m'a pas été donné. Et en la voyant, je pense aux grandes que la chronologie m'a fait manquer, Edith Piaf, Romy Schneider... Je suis arrivé trop tard, mais j'ai eu ma part de chance ! D'autant que je n'ai jamais rencontré d'artiste qui se soit montré désagréable à l'égard de l'animateur de télévision que je suis. Si l'émission ne leur convient pas, ils refusent d'y participer, mais toujours de façon à réserver l'avenir.

Certains artistes se signalent par une originalité, une manie, une passion. Sardou, avec qui j'ai préparé de nombreuses émissions, est un passionné d'Histoire. Un jour, m'a-t-il raconté, un motard officiel vient lui apporter une invitation à déjeuner de la présidence de la République. « J'ai d'abord pensé que c'était un canular et j'ai appelé le Protocole de l'Elysée où l'on m'a confirmé que j'étais bien invité à la date fixée. Alors, j'ai pris mon costume bleu marine, mis une cravate, et me voilà parti. » Je me représente assez bien la scène, Sardou devait avoir un sourire en coin car il est classé plutôt à droite qu'à gauche. Quoi qu'il en soit, il va déjeuner avec Mitterrand, certain de trouver là une belle fournée d'artistes en tous genres. « J'arrive, on m'installe dans un immense salon et on me dit que le président va venir. Vingt minutes se passent, et je suis toujours seul. Et voici que François Mitterrand arrive, me serre la main et m'invite à passer à table. Dans la grande salle à manger, je vois avec ébahissement que deux couverts sont mis. C'était un déjeuner en tête à tête. J'étais flatté et ahuri à la fois. Il me dit :

– Vous aimez l'Histoire, n'est-ce pas ?

– Oui, monsieur le président, mais je la connais moins bien que vous.

Et, pendant trois heures, nous avons parlé Histoire. Pas un mot de la chanson. C'était un moment exceptionnel. »

Je pense que peu d'artistes sont capables de conserver un contrôle total de leur art. Jean-Jacques Goldman, le « plus gros auteur de la SACEM », est aussi le créateur le mieux organisé, le plus structuré... J'ai participé, comme d'autres, à ses débuts dans les médias ; il est venu dans mes émissions présenter ses premières chansons à la fin des années 70 et au début des années 80. D'ailleurs, il est assez étonnant que, depuis, il n'ait pas changé physiquement. Le même jean, la même dégaine, la même minceur, la même simplicité dans son rapport aux autres. Mais à sa façon il est aussi mystérieux qu'Adjani, et même ceux qui travaillent avec lui ne peuvent pas se vanter de le connaître vraiment. La dernière fois que je suis allé le voir chanter, c'était au Zénith. Par habitude et presque par principe, quel que soit le spectacle auquel j'assiste, je pars quelques minutes avant la fin, car je n'aime pas être englouti et ballotté dans la foule. Alors que Jean-Jacques entame sa dernière chanson, je chuchote à Isabelle : « On va aller lui dire bonjour. » J'attends que la chanson se termine et, tandis que le public en délire scande ses bravos, nous nous rendons dans sa loge. Il y a là Michael Jones, le guitariste, à qui je demande si je peux dire deux mots à Jean-Jacques.

– Il est rentré chez lui, me répond-il.

– Il se passe quelque chose de spécial ce soir ?

– Non, c'est toujours comme ça. Dès qu'il a fini, il monte sur sa moto et file. Au moment des rappels, il est loin. Il y a encore beaucoup de monde au Zénith et il est déjà rentré chez lui !

Jean-Jacques Goldman est ainsi fait. Aux Restos du Cœur, qu'il organise et dont il est la cheville ouvrière, il s'arrange pour que personne ne le reconnaisse. Il ne va à la télévision que lorsqu'il juge que c'est indispensable. Laurent Boyer, qui anime une émission d'interviews sur M6, m'a raconté l'autre jour une anecdote qui décrit bien le personnage :

« – On va faire ton émission, m'a dit Jean-Jacques, mais on va la faire à Méribel, où j'ai un chalet.

Je lui ai répondu :

– Tu plaisantes ! Pas en pleines vacances scolaires ! Je veux quelques images de toi à ski. Tu vas être harcelé et ce sera mauvais !

– Ne t'inquiète pas, il n'y aura pas de problèmes.

Eh bien, il n'y en a pas eu ! Lorsque nous nous sommes arrêtés à une terrasse bondée pour une prise de vues, lui qui est le plus gros vendeur de disques et qui fait partout salle comble sans publicité, les gens le saluaient, mais avec discrétion, avec respect. Nous n'avons pas été dérangés. Pas une demande d'autographe. J'étais sidéré », raconte Laurent Boyer.

Jean-Jacques Goldman sait garder ses distances, son quant-à-soi sans être pour autant inaccessible ou condescendant. Dieu sait si le public l'aime ! Et il aime le public. Mais il fuit la foule, peu de gens connaissent son numéro de téléphone personnel. Quand on lui laisse un message, on est sûr qu'il rappellera. Et il est toujours là – j'en ai bien des exemples – pour ceux qui ont besoin d'aide. C'est pourquoi, dans ce métier, il est extrêmement respecté. Sans qu'il soit besoin d'ajouter qu'il a toujours écrit pour les plus grands, et qu'avoir une chanson de Goldman sur un album est une garantie de succès. Johnny, qui ne se trompe jamais dans le choix de ceux avec qui il travaille, lui a demandé de lui composer un album. Ils sont devenus très amis et très complices.

Etre animateur, c'est vivre à côté des stars, et quelquefois, les années passant, parmi elles. Mais attention à ne pas se prendre pour elles ! Le public, lui, ne s'y trompe pas.

Par l'émotion qu'elle a soulevée, par la panne de près de dix ans qu'elle a entraînée dans la carrière d'une artiste aimée du public, l'« affaire Chantal Goya » mérite bien son nom. Et pourtant, quand on la considère avec le recul de seize années, ce n'était qu'un énorme malentendu.

Nous sommes le 13 décembre 1985, en direct du Palais des Sports de Lyon. Chantal répond en direct aux questions qui lui sont posées par téléphone. Une dame se présente. Institutrice, elle demande si la façon dont l'artiste traite son public d'enfants n'est pas un peu abêtissante. Chantal prend la mouche : « Ma petite dame ! »

La salle frémit, et je sens son mécontentement. Au lieu de s'apercevoir qu'elle fait fausse route, Chantal s'obstine. Elle remet sèchement l'institutrice à sa place et, se croyant dans son bon droit, prend à témoin le public, qui compte beaucoup d'enfants. Rien de grave, mais la télé grossit tout. En dehors même du fait que quiconque a affaire au public doit se montrer courtois et maître de ses nerfs en toutes circonstances, il se trouve qu'un enseignant jouit, quand il s'agit d'enfants, d'une sorte d'immunité professionnelle. On ne doit pas lui donner de leçons, et surtout pas sur un ton aussi cavalier. Mais tout est encore réparable. Je lance une chanson interprétée par Fabienne Thiebault et Richard Cocciante, *Question de feeling*. Un comble ! Du feeling, Chantal en manque ce soir-là ! La régie me signale que plusieurs personnes ont appelé pour marquer leur désapprobation. Je suggère à Chantal que nous rappelions l'institutrice afin qu'elle se montre un peu plus aimable à son égard. Quelques mots de sympathie suffiront à effacer la mauvaise impression créée. Hélas, elle ne veut rien entendre ! « C'est une idiote ! s'exclame-t-elle. J'ai dit ce que j'avais à dire. »

La catastrophe est en marche, dont ni elle ni moi ne soupçonnons l'ampleur. Nous recevons un flot de coups de téléphone indignés, à croire qu'aux yeux de la France entière la gentille fée des enfants est devenue la fée Carabosse. Et, dans les jours suivants, on assiste à un phénomène de rejet jamais vu. Des parents qui cassent les enregistrements de Chantal Goya et les rendent aux disquaires, qui annulent leurs réservations à ses somptueux galas. Une indignation énorme – certainement disproportionnée, mais terriblement meurtrière – déferle. Il faudra dix ans à Chantal pour remonter la pente. La star des enfants est si profondément blessée qu'elle proclame qu'il s'agit d'un coup monté : l'institutrice n'en est pas une, c'est une comparse manipulée par l'émission pour couler sa carrière. Rien ne peut lui ôter cette idée absurde de la tête. Beaucoup plus tard, quand je parviendrai à organiser une rencontre entre les deux femmes – elle se passera plutôt bien car l'institutrice n'a rien d'agressif –, j'aurai l'impression que tout est réglé. Pourtant, depuis, Chantal répétera sa version des faits.

Que s'est-il passé ? L'incident, et surtout les proportions qu'il a prises, est révélateur de certains traits de la télévision. A l'origine, il y a un désaccord tout à fait légitime : une institutrice s'interroge sur la valeur pédagogique de spectacles destinés aux enfants, et une artiste lui oppose les droits de l'imagination, de la créativité. C'est un échange du genre : « Madame, ce que vous faites n'est pas sérieux, pas digne de l'école. – Mais, madame, un enfant n'est pas toujours à l'école. Il n'est pas toujours sérieux. Il lui faut aussi de la fantaisie et je suis la fée qui la lui apporte. » D'ailleurs, quand les deux femmes se sont rencontrées, c'est ce qu'elles se sont dit.

L'ennui, c'est qu'à la télévision, sous les projecteurs ou dans la fièvre du direct, on n'a pas le temps de nuancer sa pensée. Du côté du téléspectateur, d'abord. Il n'a jamais, ou presque, l'occasion de s'exprimer, et les rares fois où on la lui offre, c'est pour qu'il donne son opinion en quelques mots. Comment, après une aussi longue frustration, ne caricaturerait-il pas sa pensée ? Alors, « votre émission ne me plaît pas » devient « votre émission est nulle ! ». Il faut connaître cette loi du grossissement polémique, et ne pas s'en inquiéter, garder son sang-froid en toute circonstance. Selon de nombreux journalistes, l'erreur de Chantal Goya a non seulement été de le perdre mais aussi de n'avoir jamais voulu revenir en arrière. Reste qu'elle l'a payée d'une façon disproportionnée. Le public sait être enthousiaste, chaleureux mais, en sens inverse, il lui arrive d'être implacable.

Au bout du compte, j'ai connu très peu d'incidents semblables. En beaucoup moins grave, un *Jeu de la vérité* avec Sophie Marceau, qui n'avait qu'une vingtaine d'années, a été troublé par un des appelants qui s'est montré très désagréable : « Madame, vous croyez avoir du talent mais vous n'en avez pas ; vous vous croyez belle, mais vous êtes plutôt commune... » En direct, ce genre de muflerie ne peut être ni prévu ni évité.

Bien entendu, j'ai rappelé à ce téléspectateur que, sous le couvert de l'anonymat, il se permettait un comportement inadmissible, mais Sophie n'était pas habituée aux pièges du direct. Elle en a été déstabilisée. Et je suis longtemps resté pour elle celui par lequel ce moment désagréable lui a été imposé. Peut-être est-ce pour cela que nous n'avons plus rien fait ensemble. Il est vrai qu'elle ne va pas volontiers dans les médias. A l'époque – c'était tout au début de sa carrière, après *La Boum* –, elle avait la réputation de n'être que jolie et de n'avoir pas grand-chose à dire. Marilyn, elle aussi, avait fait l'expérience de la difficulté de modifier une image de « ravissante idiote », si injuste fût-elle. Depuis, Sophie a prouvé par son itinéraire professionnel et jusque dans ses dérapages – comme il y a trois ans, à Cannes, lorsqu'elle parla avec son cœur – qu'elle était une remarquable actrice et une femme intelligente et sensible.

« Le public a toujours raison. » C'est vrai, à condition de bien comprendre ce que cela veut dire. Dans tous les domaines – cinéma, peinture, danse, chanson et même littérature –, lorsqu'un homme s'expose publiquement au jugement des autres, se montre à un cercle plus large que celui de ses intimes, le fond de ce qu'il veut exprimer est évidemment très important. Mais encore faut-il que les autres le reçoivent. Et là, c'est une question de forme. Ce que l'on dit est important, bien sûr, mais la façon dont on le dit détermine l'accueil qu'en feront les autres. Et, sur la forme, le public a toujours raison.

On le voit bien en politique. Je ne suis pas de ceux que la politique ennuie ou qui prétendent qu'elle n'a pas d'importance. Encore moins de ceux qui affirment que les hommes politiques sont tous pourris. Ce qu'ils font est très difficile et il y a chez eux des gens très bien. Mais, souvent, la façon dont ils expriment leurs idées les fait échouer. C'est comme à l'école : quand les élèves s'ennuient, qui a tort, la classe ou le prof ? Je réponds sans hésiter : le prof.

A l'école comme dans la vie, le raisonnement : « Ce que je dis est passionnant, si cela ne les intéresse pas, tant pis pour eux ! » est une absurdité, sauf à revenir au cercle des intimes, à supposer qu'eux comprennent. Mais alors, il ne reste plus qu'à faire les choses pour son perfectionnement intérieur, pour son plaisir solitaire. Et il ne faut pas avoir l'intention, la prétention, la volonté de s'adresser aux autres. A la télévision plus qu'ailleurs, ignorer que le public a toujours raison est une faute professionnelle. J'ai eu l'occasion d'interviewer quantité de réalisateurs de cinéma. Comme chacun sait, on produit des films en grand nombre mais très peu d'entre eux « marchent ». C'est pourquoi à la télévision on interviewe toujours ces hommes de cinéma avant la sortie de leur film, au temps des espoirs et des attentes, c'est plus sûr.

Au début de 2001, Jean-Jacques Beineix a sorti *Mortel transfert*, où il s'agissait de psychanalyse, un film intéressant, mais quand je suis sorti de la présentation, ma première réaction a été de penser : « Les gens ne vont rien y comprendre. Même son public ne le suivra pas. » Pourtant, j'ai beaucoup de respect pour le talent et le sens de l'innovation de Beineix, j'admire sa façon de raconter une histoire. Le film a été un échec. Un peu plus tard, je l'ai entendu dire à la télévision, chez Marc-Olivier Fogiel, alors qu'il avait cru au film au point d'y engager son argent personnel, ce qui est rare : « Les gens ne sont pas venus. Ce n'est pas leur faute, c'est la mienne. » J'ai pensé : « Chapeau ! » Il ne faut jamais rendre les autres coupables de ce qu'on n'a pas réussi à leur faire sentir, comprendre, aimer. Cela étant, la réaction du public est aussi une question de moment. Selon qu'il sort deux ans plus tard ou plus tôt, le même film n'a pas le même destin.

Est-ce que la course à l'Audimat tire irrésistiblement la qualité vers le bas ? Entendons-nous bien. A la télévision, média de masse, il est naturel que le succès se mesure d'abord à l'audience. Sans même avoir besoin d'attendre la fin de l'émission, on sait combien de personnes la regardent. D'emblée, on vise le nombre de spectateurs et, si les gens sont nombreux à regarder et à rester devant leur poste, cela signifie que l'idée, le discours de l'émission sont appréciés. Comme une chanson qu'on écoute et qui, peu à peu, est sifflotée et chantonnée un peu partout. C'est pourquoi je suis toujours étonné quand je sens venir la question – on la pose rarement de façon aussi brutale : « Comment ne pas perdre son âme quand on a pour souci l'Audimat sur une grande chaîne commerciale ? » Je réponds ironiquement : « On peut la perdre, mais ce n'est pas la condition *sine qua non.* » Autrement dit, on n'est pas obligé de flatter les mauvais côtés du public pour que ça marche. Au contraire, à long terme, c'est la qualité qui paie.

Or on peut faire de la qualité pour un très grand public. En matière de fiction, les *Navarro* de Pierre Grimblat me semblent meilleurs que *Les Cinq Dernières Minutes* d'antan. L'écriture, le séquençage, les thèmes abordés sont à la fois accessibles à tous et de bonne qualité. Quand les Restos du Cœur rassemblent à chaque fois dix millions de téléspectateurs sur TF1, c'est du grand divertissement. Les *Numéro spécial* souvent très coûteux que TF1 consacre à des artistes comme Sardou ou Hallyday le sont aussi, comme, en information, les grands reportages d'Henri Chambon ou *52 à la Une* de Jean Bertolino, qui passaient en deuxième partie de soirée.

Bien sûr, il existe quantité d'émissions qui, sans être mauvaises, sont banales ou sans grand intérêt, mais il faut bien en disposer sur une grille de programmes. On ne peut pas chasser des émissions de jeux du genre *Le Juste Prix*, certes divertissantes mais, du moins à mon avis, rien d'autre que cela. Peut-on, en sens inverse, imposer du « haut de gamme » ? Les grandes chaînes généralistes l'ont tenté, mais même un Pivot, pour ne prendre que cet exemple, était très peu regardé, bien que diffusé à 22 h 30, un bon créneau horaire, qui désormais, avec le changement de mode de vie, n'est plus considéré comme tardif. Les hommes de télévision reconnaissent que, lorsqu'ils ont essayé de sortir en *prime time* quelque chose d'un peu « pointu », cela n'a pas marché. En début de saison 2000-2001, Arnaud

Poivre d'Arvor a fait sur France 2 une émission mariant l'Histoire et le divertissement, une grande soirée sur Vercingétorix. Fiasco total. Deux millions de téléspectateurs à 20 h 30, c'est-à-dire la Berezina ! Bien entendu, les commentateurs n'ont pas manqué de faire valoir qu'il manquait d'expérience, que ce n'était pas comme cela qu'il fallait faire. Facile à dire ! Cela ne met heureusement pas en cause les qualités d'Arnaud.

Ce n'était pas la première fois qu'une chaîne se risquait à donner à quelqu'un l'occasion de tenter une émission un peu « pointue ». Or, il faut bien le reconnaître, « ce n'est pas ce que veulent les gens ». Formule couperet. Que veulent-ils ? On n'en sait rien. On sait seulement le lendemain ce dont ils ne voulaient pas. Certains cachent qu'ils regardent telle ou telle émission « populaire » incompatible avec le standing qu'ils s'attribuent. Il fut un temps où, quand on demandait aux Français s'ils achetaient des disques de Mireille Mathieu, ils en étaient presque offusqués : « Ah, non, pas moi ! » Alors, comment faisait-elle pour en vendre dix millions ? Et aujourd'hui, à la question « Regardez-vous Lagaf' ? », on obtient la même réponse ou presque. D'où diable peuvent bien venir les millions de téléspectateurs qui le regardent tous les soirs ? Il y a, dans ce domaine, l'avoué et le non-avoué, ce qu'il est bon de dire et ce qu'il est meilleur de taire.

Tous comptes faits, depuis 1987, contrairement à ce que l'on annonçait de toutes parts, TF1 n'a pas

« nivelé par le bas ». Quand j'examine ces quatorze années, je trouve des créations de grande qualité en téléfilms, magazines d'information – comme *52 sur la Une* –, soirées à thème très fédératrices et capables d'éveiller les consciences à propos de grandes questions de société, notamment le sida et l'exclusion. TF1 n'a pas à rougir de ce qu'elle est devenue, et je pense qu'elle a réussi à tenir son rôle de grande télévision généraliste populaire. Cela n'allait pas de soi, et il y fallait un effort de réflexion. Ce qu'Etienne Mougeotte a appelé la « quête de sens », mots qui firent sourire de pitié de nombreux intellectuels. « Alors, *Y a pas photo*, c'est une quête de sens ? » Bien sûr que non mais, dans l'ensemble, la réflexion a été utile. D'ailleurs, lorsqu'on compare la grille de TF1 à celle de France Télévision, la différence n'est pas essentielle. Certes, Bernard Pivot faisait des émissions « culturelles » sur France 2, mais il y en a également sur TF1.

Le service public accorde peut-être parfois plus de durée de vie à des émissions peu fédératrices en laissant à ceux qui les produisent davantage de temps pour les imposer. Mais quand un film sort un mercredi et fait salle vide, la loi du marché s'empresse de le chasser de l'affiche. La grande télévision généraliste ne fait pas autre chose. C'est le mérite et l'utilité du service public de ne pas être aussi soumis à la loi du marché, en tout cas pas au même rythme.

La télévision se nourrit beaucoup d'elle-même, par la reprise d'images et d'émissions déjà diffusées. Le téléspectateur est de mieux en mieux informé de ce qui s'y passe. Les journaux spécialisés comptent parmi ceux qui ont le plus gros tirage de la presse française. Et pourtant, elle ne s'est jamais vraiment banalisée. Au bout d'un demi-siècle et en dépit de la variété des chaînes et des programmes, elle conserve quelque chose de magique et le restera sans doute toujours.

Pour ma part, dans la dizaine d'émissions que j'ai créées, j'estime avoir réussi trois « émissions de référence » : *Avis de recherche, Le Jeu de la vérité* et *Porte-bonheur.* Un jour, à Cannes, j'interviewais Clint Eastwood pour RTL et je lui ai demandé de quoi il était le plus fier dans sa grande et glorieuse carrière. Il avait tourné quatre-vingt-cinq films. Il a ouvert sa main droite et commencé à compter sur ses doigts. A quatre, il s'est arrêté. « Quatre films ! C'est formidable et j'en suis très heureux ! » Depuis lors, je trouve que trois émissions réussies n'est pas un bilan négligeable.

Contrairement à certains, je n'ai pas de trésor d'anecdotes dans lequel puiser à la demande. Mais je garde fidèlement en mémoire des instants précieux. Ceux où un homme ou une femme révèle sa vraie nature.

Beaucoup d'animateurs et de journalistes recevaient Lino Ventura. Sans être jaloux, je les enviais car Lino n'était jamais venu sur mon plateau. Pas disponible ? Peut-être. Des occasions ratées ? Peut-être aussi. Ou alors le style des émissions que je présentais ne lui convenait pas. Dans ce cas-là, à vrai dire, on estime toujours que les émissions des autres ne sont pas meilleures que les vôtres.

Courage ! Appelons-le. J'obtiens son numéro personnel par l'intermédiaire d'amis, et rendez-vous est pris dans sa maison près de Saint-Cloud.

Il me reçoit chez lui, dans son imposant bureau : fauteuils de cuir et grande table en acajou. Je lui confie que je connais tous ses films, que je l'admire, et il me regarde avec son éternel air de celui à qui on ne la fait pas.

– Bon, et alors ? (C'est lancé dans le style pas commode, une espèce d'« accouche, petit ! ») Ne me fais pas perdre mon temps !

– J'aimerais que vous soyez l'invité principal de mon émission.

C'est beaucoup pour un premier contact. Au mieux, je m'attends à un : « On verra ça plus tard. » Il se lève, déploie sa musculature de catcheur et va chercher son agenda.

– Quand ?

Je ne suis pas sûr de bien comprendre.

– Ça veut dire que vous acceptez ?

– Quand ?

Pas un mot de plus. Nous fixons la date. Et je repars à la fois content et inquiet. Content parce qu'il a accepté. Inquiet parce que je sais qu'il ne faut pas que je rate mon coup. Lino représente la force, la loyauté, la rigueur, l'homme qui n'a qu'une parole. En face de ce genre de personnalité, interdiction absolue de tricher. Il faut parler vrai, simplement. Si je fais mal mon boulot, d'un regard, d'un silence, Lino me remettra à ma place devant des millions de témoins.

Je disais, il y a un instant, que ce qui m'impressionne chez les autres, c'est ce qu'ils sont et non ce qu'ils font. Avant de se retrouver devant la caméra, par hasard, Lino était déjà Monsieur Ventura, une forte identité morale dans un corps de catcheur. Et quand il s'est retrouvé face à Jean Gabin, ces deux monstres de virilité se sont flairés, reconnus et estimés aussitôt. Parfois, il suffit de quelques secondes pour savoir à qui l'on a affaire.

Ensemble, nous avons fait *Grand Public* un vendredi soir à 20 h 30 en direct de Cannes. A la fin du programme, vers 23 heures, au moment de nous séparer, Lino le sérieux a souri. Il avait l'air satisfait. Je me suis senti plus fort grâce à lui. En télévision, le public peut vous approuver en plus ou moins grand nombre. Mais c'est le regard de vos invités à la fin de l'émission qui vous rend ou non respectable. Cela n'a rien à voir avec l'Audimat.

Dans un genre très différent, un instantané de Richard Bohringer. Il doit participer à un 20 h 30 consacré à Dutronc. L'émission a commencé et il n'est toujours pas là. Début de panique ! Isabelle lui passe un coup de fil. Il est encore chez lui ! Dialogue :

– Je vous envoie une voiture. Il n'y a pas une minute à perdre.

– Attends, attends ! D'abord je voudrais savoir quelque chose. Est-ce que Patrick et toi vous avez lu mon livre ?

– Mais oui, bien sûr !

– Alors, dis-moi ce qu'il y a dedans.

Pour finir, Richard est venu rejoindre le plateau après qu'Isabelle lui eut parlé de son livre. Merci à tous les deux.

Qu'est-ce que la facilité en matière de création télévisée ? C'est d'abord une façon outrancière de traiter les sujets, même les plus intéressants. Prenons l'exemple d'une émission grand public dont le thème était, l'autre soir, « Les héritiers » : une femme de vingt-cinq ans, fille de baronne et mannequin, explique qu'elle aime son métier mais qu'elle a reçu des principes d'éducation qu'elle veut transmettre à ses enfants. Et aussitôt, l'animateur :

– Alors, expliquez-moi, c'est quoi des principes d'éducation ?

Bien entendu, elle est tombée dans le piège :

– Par exemple, on ne mange pas son fromage avec son couteau.

– Ah bon ! Mais alors comment on fait pour manger le fromage ? Là, du coup, j'peux plus manger de fromage, moi !

Les vraies questions étaient ailleurs. Par exemple : Ces règles de savoir-vivre que vous avez apprises, que vous apportent-elles ? En quoi vous servent-elles ? Pensez-vous qu'elles soient encore utiles à notre époque ?

Mais il était tellement plus facile de faire rire grassement et de « flatter le beauf » ! Quitte à ne pas respecter son invitée. Respecter l'autre, c'est d'abord essayer de le comprendre. Il n'est pas ridicule parce qu'il se sert d'une fourchette à dessert, en l'occurrence, si c'est pour le fromage.

Le pire est que l'animateur est dans la vie un garçon sans vulgarité.

C'est là qu'est le danger. Quand une formule racoleuse marche à l'Audimat, les décideurs veulent la conserver. Si l'animateur ne réagit pas, il devient en quelque sorte leur complice. Ainsi, on m'a fait un jour une proposition :

– Mon vieux, tu as un talent formidable, tu es fédérateur, on a une idée d'émission extra, il faudrait que tu l'animes !

– Intéressant. Qu'est-ce que c'est, ton idée ?

– Tu sais que la société a bien changé. Maintenant, nous vivons au temps des familles recomposées.

A cette entrée en matière, je dresse une oreille inquiète. Ces généralisations pseudo-sociologiques par lesquelles on vous explique votre société et votre vie comme si vous étiez un Inuit sorti de son igloo m'ont toujours semblé très peu convaincantes.

– Ah bon.

– On va faire une émission à 22 h 30 et on aimerait bien que tu la présentes. On prend des couples divorcés avec enfants. Le père vient sur le plateau, entouré de ses enfants.

– Sans son ancienne femme ?

– Bien sûr. De toute façon, entre eux, c'est terminé.

– Et alors ?

– Alors, on prend des femmes qui souhaitent se marier. On leur fait passer des tests pour savoir de qui, parmi ces hommes, elles pourraient être la prochaine épouse.

Je soupire sans doute un peu trop bruyamment.

– T'inquiète pas, Patrick ! Tu vas voir que c'est formidable. Alors on amène la femme qui correspond sur le plateau, et les enfants donnent leur avis. Est-ce qu'elle conviendrait ou non à Papa ? « Elle n'irait pas, celle-là. Je sais que tu aimes bien les blondes, mais tu vois, elle déteste la vitesse et tu aimes la moto. Ça ne marcherait jamais. » La sœur peut dire le contraire.

– Jamais ! Ne compte pas sur moi pour présenter ça.

– Mais pourquoi ? Ça va sûrement beaucoup plaire au public.

– C'est possible.

– Alors ?

– Je refuse pour une raison très simple. Si demain je venais à me séparer de ma femme – il n'y a aucun danger, mais enfin supposons –, je ne me vois pas arrivant avec mes enfants sur un plateau de télévision et discutant des mérites comparés de celle qui va succéder à leur mère. Cela me dégoûterait. Je me trouverais minable. Je penserais que la femme qui a partagé ma vie, qui a fait des enfants avec moi, est peut-être devant l'écran en train de me regarder choisir la future Mme Sabatier.

Le premier public de l'homme de télévision est composé de ses proches. Sa femme, ses enfants, le jugent. Comment leur dire : « D'accord, je suis ainsi à la télé, mais vous savez bien que dans la vie, je suis différent » ?

La direction de la chaîne a remis l'émission dans ses cartons. Si j'y suis un peu pour quelque chose, tant mieux !

Déjà seize ans que Coluche est parti pour le grand voyage ! Quand il a lancé ses Restos du Cœur, j'ai animé la première émission, un dimanche après-midi, sur TF1 et je l'ai rencontré pour la première fois à cette occasion. J'ai été surpris par son sérieux, son application. L'artiste mettait au point son numéro avec compétence et clarté. Surtout, l'enfant de Montrouge qui connaissait la vie sans luxe faisait son émission sans le moindre souci de carrière ou de publicité personnelle. Sa seule motivation était le scandale que représentait à ses yeux le fait que des gens ne mangent pas à leur faim et ne puissent pas se loger, à la fin du XXe siècle, dans un « pays industriel avancé ». Lors de cette émission, j'ai fait la connaissance de Véronique Colucci et j'ai été invité à rendre visite au couple.

Ils habitaient près du parc Montsouris. J'ai retrouvé là, en plein après-midi, toute une bande de copains, dont son grand ami Renaud. La maison était une vraie maison d'hôtes, avec un immense salon où chacun vivait à sa guise, certains achevaient leur déjeuner, d'autres conversaient, dormaient ou lançaient une remarque sur un article de journal qu'ils étaient en train de lire. Nous devions être une bonne quinzaine. L'ambiance était particulière : c'était une ébullition intellectuelle entretenue par des amis qui, entre deux énormes blagues, avaient décidé de refaire le monde, ou en tout cas de l'améliorer. Ce n'était pas le style Café du commerce avec ses opinions au « décrochez-moi ça ». Ce n'était pas un club révolutionnaire ou une cellule de militants. Ce n'était pas non plus le dénigrement à tout-va des tenants du « La société, c'est de la merde ». C'était, si j'ose le mot, un festival de déconnade constructive et positive. On se tapait sur les cuisses, mais sans l'égoïsme et l'indifférence qui accompagnent trop souvent la dérision.

Ce jour-là, j'ai découvert l'esprit Coluche. Il y avait chez cet homme une intelligence critique démarrant au quart de tour et un appel permanent à l'éveil des consciences : « Réveillez-vous, bande d'enfoirés ! » Mais il n'était pas irrespectueux par nature. Au contraire, il respectait profondément l'amitié, le travail bien fait, les gens. Il ne respectait pas ce qui n'était pas respectable. Son style divisait les Français en deux camps : ceux qui le trouvaient vulgaire et ceux qui l'admiraient sans réserve. J'ai l'impression que personne ne le connaissait vraiment. C'était, pour user de son vocabulaire, tout sauf « un mec qui s'en foutait ». Tendre, bien sûr, cela on le sentait dès qu'on le voyait. Complexé, probablement, mais quel artiste est sans névrose ? Avec la conviction, ancrée au plus profond de lui, que, puisqu'il faisait rire les Français, ce devait être pour quelque chose. Sa maxime secrète était : « Ne vivons pas idiots. »

Il m'a dit qu'il trouvait que *Le Jeu de la vérité* était une très bonne émission, vraiment démocratique, puisque les gens s'adressaient directement aux artistes :

– Comme ça, on n'a pas besoin de ces enfoirés de journalistes ! Ils sont incroyables, ceux-là. Dans leurs articles, ils mettent en gros titre le nom du mec dont ils parlent et, en bas, le leur en petits caractères. Eh bien, je te garantis que s'ils faisaient le contraire, ils ne risqueraient pas de vendre leur canard.

Cela aussi était un échantillon de l'esprit Coluche. Derrière la blague, la vérité oubliée. Dans ce cas précis, il parlait du danger de cette médiation de la presse qui finit par nous masquer parfois les vraies couleurs du monde. De même que, quand il disait son fameux : « On les appelle gardiens de la paix, mais au lieu de la garder, ils feraient bien mieux de nous la foutre ! », il attirait l'attention sur ce que d'autres nomment les bavures ou les dérives d'une police qu'une démocratie se doit de surveiller de près. Il nous disait que la pub peut raconter des salades sur le degré de blancheur du linge. Il nous montrait le père alcoolique qui interdit à son fils la fumette. Désopilant, et ô combien instructif. « Regarde un peu où tu vis, mon vieux ! »

Ce qui faisait marcher Michel Coluche, bien sûr la recherche de la drôlerie, la mécanique des gags et des sketches. Mais aussi un besoin absolu et impérieux de montrer le monde tel qu'il est. Il lisait tous les journaux. Il les a même lus publiquement dans son émission de l'après-midi à Europe 1. C'était pour nourrir son étonnement devant l'inertie ou l'aveuglement des hommes : « Réveille-toi et regarde ! Mais enfin, est-ce que tu te rends compte ? Des gens crèvent de faim près de toi ! » Il avait le plus cordial mépris pour l'information officielle, insipide et décaféinée. Ses amis étaient comme lui : ils détestaient le consensus mou et le sommeil de l'esprit critique. Coluche, maître de l'éveil, leur avait appris que nous sommes tous plus ou moins manipulés, mais que l'important est de le savoir et de ne pas être dupes. Nombreux étaient ceux qui venaient s'asseoir à la grande table. Comme il aimait à vivre la nuit, on commençait à dîner très tard et l'on discutait jusqu'à pas d'heure.

Il était extraordinairement conscient des pouvoirs de la télévision. « Aucun problème, me dit-il. Ton *Jeu de la vérité*, je vais le faire. Mais il faut que ce soit un truc vraiment formidable. » Et il m'a proposé de faire l'émission en direct pendant le festival de Cannes. Pour moi, c'est extraordinaire. J'avais déjà reçu de grands noms, Elton John, Michel Sardou, Bernard Tapie, Alain Delon, Serge Gainsbourg, mais Coluche répondant en direct aux questions des Français était quelque chose de tout à fait exceptionnel.

Nous voici donc à Cannes. L'attente de l'événement est telle qu'Isabelle, se risquant à la porte du Palais des festivals, l'après-midi de l'émission, avec sous le bras un dossier portant l'inscription « Spécial Coluche », est prise d'assaut par les candidats au spectacle qui font déjà la queue. Il faut que des agents lui fraient un passage. La salle est comble et ceux qui n'ont pas pu entrer regardent l'émission à la télévision. On s'apercevra le lendemain que le film présenté au festival en deuxième partie de soirée, le 16 mai 1985, a été projeté devant des fauteuils vides. Coluche, qui adore rompre avec les habitudes et secouer les institutions, en est ravi. Puisque l'émission consiste à répondre à des questions inattendues, il n'y a pas eu de répétition. Toutefois, Michel a eu une exigence : son fauteuil est une chaise de bébé géante. Quand on relève la tablette au-dessus de sa tête, on peut lire en grosses lettres : « Menteur professionnel. » J'ai accepté avec plaisir cette idée qui mettra le public en joie.

Une demi-heure avant le début de l'émission, à 20 h 40, après le JT et les pubs, il chasse tout le monde d'un énergique « Allez, barrez-vous, enfoirés ! » et nous nous retrouvons en tête à tête. Comme cela m'est arrivé avec les autres grands – Delon, Sardou ou Gainsbourg –, j'ai le privilège de vivre ces minutes rares où l'on fait face, sans témoins, à quelqu'un d'extraordinaire. Derrière son « Alors, t'as les chocottes ? », je sens que lui aussi, si hâbleur qu'il paraisse, a besoin de se concentrer. N'est-il pas entièrement rassuré ? Je crois plutôt qu'il mesure l'importance de ce qu'il va faire. Pour la première fois, il va parler à plus de dix millions de Français. Pour ma part, je me contente de donner quelques indications sur la façon dont l'émission se passe d'ordinaire. Mais cette fois, il y a la chaise de bébé. Pendant les dix minutes qui précèdent l'antenne, nous nous regardons en souriant, comme deux galopins qui vont faire une bonne farce et ont un peu peur de la rater. Je suis conscient que la popularité de mon invité est immense et que l'émission sera très regardée.

Pourtant, il y a un hic : le public pur et dur de Coluche dont la base anarchisante a plutôt tendance à traiter la télé de « boîte à cons ». Il est largement représenté dans la salle. Comment va-t-il réagir devant l'animateur ? Va-t-il décréter que l'homme de télévision tente de manipuler son idole ? Il ne faut pas que je lui présente le flanc. Heureusement, Coluche m'a pris en sympathie et ses fans doivent le sentir puisque tout se déroulera le mieux du monde.

« Mesdames et messieurs, ce soir, pour répondre à vos questions, en direct depuis la salle des Ambassadeurs du Festival de Cannes, je vous propose d'accueillir chez vous pendant deux heures... Coluche ! »

Il entre en scène, dans une débauche de « Ouais » et de grognements. La salle croule de rire en découvrant sa chaise de bébé géante avec son inscription. On le sent, personne ne voudrait être ailleurs pour rien au monde. Mon rôle n'est pas le premier, bien sûr, mais il faut tout de même que je tienne le cap. Face à Coluche, aux répliques foudroyantes, les intervenants peuvent avoir une sorte de réserve. Il faut que je les mette à l'aise. Dans *Le Jeu de la vérité*, l'invité a droit à deux jokers, deux questions auxquelles il peut refuser de répondre. A la première question, dont j'ai oublié les termes, Coluche lève la main : « Joker ! » Deuxième question : « Joker ! » Et, puisqu'il a épuisé son stock, un sonore : « J'suis pas dans la merde ! » La salle s'esclaffe. Avec son sens du rythme, il a commencé très fort. Je fais mon Monsieur Loyal.

– Vous devez maintenant répondre à toutes les questions qui seront posées.

Il me regarde, taquin :

– Ouais, ouais !

Je le sens décidé à faire une émission sensationnelle. Il me confiera par la suite qu'il savait que c'était un moment important pour sa carrière. Jusque-là, il avait paru à la télévision pour un sketch, un gag, une pitrerie, mais il n'avait jamais été en prise directe avec des millions de gens. Il pouvait enfin montrer qui il y avait derrière l'homme qui faisait rire.

Et il a été éblouissant, répondant à tout avec son incroyable verve, son sens fulgurant de la repartie. Il a installé un tel climat de franchise que, contrairement à ce que je pensais, les gens étaient très décontractés.

A un moment, on lui demande, ce qui n'était encore jamais arrivé dans l'émission, s'il a eu des expériences homosexuelles.

– Des expériences homosexuelles ? Si j'ai été pédé, c'est ça ?

Il ouvre la main droite et commence à compter sur ses doigts.

– Ouais. Une... deux... trois... quatre. Quatre ! Ça vous va ?

Je sens la salle hésiter, puis le suivre. Je m'interroge encore sur l'épisode. Parlait-il sérieusement ? Ou répondait-il ainsi pour prendre le parti de la communauté homosexuelle en montrant que, pour lui, Coluche, ce que certains jugeaient contre nature était parfaitement naturel. Cela lui ressemblerait assez.

Avec sa façon de tout dire, son extraordinaire lucidité, sa dérision constructive, Coluche a changé beaucoup de choses en France. Et d'abord le rapport des artistes à la société et au monde politique. La farce de sa candidature à la présidence de la République l'a bien montré. Elle a pris de telles proportions qu'il a fini par subir des pressions inquiétantes. Discrètes, mais fermes. Le gag n'était pas anodin et cristallisait autour de lui quelque chose qui ressemblait à une solution alternative. Introduire le parler vrai en politique. Cela n'a pas été sans conséquences dans la vie de la nation et la façon dont ses élus s'adressent à elle. Comme si un clown de génie pouvait faire passer sur un pays démocratique le souffle d'un supplément de liberté.

Ce soir-là, plus de dix millions de téléspectateurs enthousiastes ont regardé son *Jeu de la vérité*. La télévision l'avait, d'un seul coup, rapproché des Français. Déjà, grâce à Claude Berri, il avait prouvé dans *Tchao Pantin* qu'un comique peut être un grand acteur tragique. Dans le domaine de la chanson, avoir du succès, bien vendre ses disques, c'est n'atteindre « que » un ou deux millions de personnes. Réussir une émission sur TF1 fait bondir ce nombre à douze ou quinze millions en une seule soirée. Il en a été si content que fin août il m'a téléphoné :

– C'est Michel. Je voudrais en faire une autre !

Il a été le premier et le dernier à qui j'ai dit oui – l'exception qui a confirmé la règle. Sa seconde émission s'est bien passée, mais ce n'était plus l'événement qu'avait représenté la première. J'ai arrêté *Le Jeu de la vérité* en plein succès, à la soixante-cinquième émission, avant son troisième anniversaire.

Les cimetières sont peuplés, dit-on, de gens irremplaçables. Michel Coluche n'a jamais été remplacé. En revanche, il a des héritiers. Dans le ton, la structure des sketches, Jean-Marie Bigard est le plus ressemblant de tous : même faculté d'analyser au laser la vie quotidienne et d'y réagir dans la cocasserie. Karl Zéro et *Les Guignols de l'info* sont de la famille de celui qui arrivait tous les soirs grimé en clown sur Canal Plus pour démythifier la « messe du 20 heures ».

Laurent Gerra dit ne pouvoir imiter que les gens qu'il aime bien. Après avoir longtemps exercé son talent d'éditorialiste comique à Europe 1, il est aujourd'hui sur RTL. Il faut beaucoup d'intelligence, de perspicacité et d'humour pour imiter une personnalité, faire jaillir le rire en trois phrases avec des mots forts mais qui restent vrais. Il est tout aussi cocasse dans le rôle de Johnny en transe que dans celui de Céline Dion égrenant avec un accent impayable des confidences sur sa vie conjugale avec René. A Marigny et à l'Olympia, il a fait salle comble, et j'ai rarement vu le public pleurer de rire comme ces soirs-là. Thierry Le Luron, dont j'ai été un ami proche, avait ce même don, dans le style d'une époque qui nous paraît déjà lointaine.

Laurent a un autre charme à mes yeux. C'est un provincial dans l'âme, attaché par toutes les fibres à son département de l'Ain, dont de temps à autre il rapporte aux amis de savoureux boudins. Quand il est venu à *Pendant la pub*, nous nous sommes découvert un souvenir commun. Notre madeleine de Proust à nous, c'est l'odeur du diesel, quand ronflent les cars qui emmènent les enfants en colonies de vacances. Nous sommes tous deux des plantes à racines et cela nous a rapprochés.

Josiane Balasko serait bien étonnée d'apprendre qu'elle m'impressionne. Il n'y a pas plus accessible qu'elle. Et pourtant, je maintiens le mot : elle est impressionnante d'énergie, d'esprit de décision, de force, de persévérance. Dans *Trop belle pour toi*, le film de Bertrand Blier avec Carole Bouquet et Gérard

Depardieu, elle est la secrétaire du garagiste Depardieu qui tombe amoureux d'elle. Josiane, plutôt rondelette, ne répond pas précisément aux critères exigés de Miss France. Pourtant, on ne trouve pas incroyable qu'elle soit préférée à la sublime Carole Bouquet. C'est une grande et précieuse leçon qu'elle donne aux femmes. Comme Jugnot, Lanvin, Blanc, Lhermitte, elle a fait partie de l'équipe du Splendid. Elle a un talent particulier d'écriture et atteint des effets comiques étonnants.

J'ai envie de dire un grand merci à celles et ceux qui nous font rire sans bassesse ni méchanceté, les Laurent Gerra, Laurent Ruquier, Jean-Marie Bigard, Muriel Robin. Quand on me demande : « Mais comment sont-ils dans la vie ? », je réponds : « Ils sont tels que vous les voyez et les entendez à la scène. » Ils ne revêtent pas, pour une heure, leur habit de comique. Ils ont l'esprit ainsi fait que, dans une conversation, au restaurant, en public ou entre amis, ils trouvent d'instinct l'angle drolatique, l'expression désopilante. Et du coup, ils nous donnent plus d'humour et de repartie, de même qu'on renvoie mieux la balle quand on joue au tennis avec un partenaire plus fort que soi, ce qui m'arrive de plus en plus souvent au fil des années. Donner du talent aux autres, voilà la marque du vrai, du grand talent !

Pour en revenir à Coluche, il était convaincu que les informations ne servaient à rien puisqu'on n'y disait rien de ce qui se produisait. Il avait une telle soif de vérité que cette source-là lui semblait pauvre et trompeuse.

Se rendait-il compte de tout cela ? J'ai l'impression qu'il incarnait et nous a apporté quelque chose qui le dépassait, comme l'a montré le succès des Restos du Cœur. Un clown généreux a créé dans l'opinion française un mouvement de fond, qui lui survit longtemps après sa mort. Michel nous a ouvert les yeux sur le monde qui nous entoure. Dans sa critique hilare et percutante de ce qui n'allait pas en France, il devait parfois se demander s'il ne lançait pas le cochonnet trop loin, ou tout simplement s'il avait raison. Il sentait bien que ce qu'il faisait n'avait rien de futile. Et pourtant, il s'y lançait comme on part à l'aventure.

Michel est allé dans le Midi préparer son grand show de septembre 1986 au Zénith, qui venait d'ouvrir. Paul Lederman m'avait confié qu'il serait meilleur que jamais, et d'une virulence extrême. Coluche allait passer à la vitesse supérieure, ce qui semblait impossible. Il peaufinait des sketches dans le plus grand secret, et il en avait enregistré quelques-uns sur bande. Ceux qui les ont entendus disent qu'ils étaient d'une prodigieuse et féroce drôlerie. Il est allé déjeuner un jour sur la plage de Cannes et est remonté sur sa moto pour rentrer chez lui. Et un camion a surgi dans un virage.

A l'époque, j'étais à RTL. Je n'avais pas écouté la radio quand la station m'a appelé à 17 h 30, certaine que j'étais au courant, pour me demander de « témoigner dans le flash 18 heures sur la mort de Coluche ». J'ai été foudroyé, choqué si violemment que j'ai été incapable de dire un mot avant le bulletin de 22 heures. Je n'avais pas l'impression de perdre un proche – nous n'étions nullement des intimes –, mais un vide énorme s'ouvrait. J'avais la sensation d'étouffer. Quelqu'un était parti, qui nous aidait à respirer. Qui ne nous faisait pas seulement rire, mais aussi penser. Un homme qui était notre porte-parole à tous face à la sottise et à la médiocrité, qui nous avait appris à déchiffrer les évidences oubliées, à lire les journaux comme lui. Un homme grâce à qui nous ne voyions plus la société de la même façon. En ce sens, il existe une génération Coluche, à laquelle j'appartiens. Et rien de lui n'a vieilli. Ses sketches, connus et archiconnus, se vendent tout autant. Le nez rouge de clown, qu'il se plantait si volontiers sur le visage, n'a pas cessé de briller. Il débitait ses pitreries comme le carabin, entre deux dissections, chante des chansons de corps de garde. Il faut bien rire pour se sauver de la cruauté du monde. Mais il nous parlait de choses importantes, par exemple des hommes et des femmes qui n'ont pas de quoi manger. Pendant les quelques années qui ont suivi sa mort, on entendait souvent, à propos d'un événement, l'un ou l'autre demander : « Qu'est-ce qu'aurait dit Coluche ? »

Au-delà de son talent, le succès de tout homme qui s'expose au jugement du public tient à une rencontre entre sa personnalité et une attente collective. Que possède Jamel que n'ait pas un garçon de son âge et de son milieu ? Sa vivacité, son extraordinaire promptitude à réagir et à prouver à tous qu'il est comme tout le monde. Du coup, le Till l'Espiègle du show-biz s'impose, non à la façon d'un être d'exception, d'une étoile tombée du ciel – tel, jadis, Gérard Philipe –, mais comme celui que chacun voudrait avoir pour copain. De même, on se reconnaît dans l'humour d'Eric et Ramzy. Ils ont exactement la drôlerie ravageuse, l'irrespect cocasse à l'égard de ce que l'on vit et de ce que l'on est, que tout le monde aimerait être capable de déployer dans son milieu, à l'école, au bureau, dans un groupe quel qu'il soit.

Je laisse aux sociologues le soin d'analyser les rapports entre télévision et société. Je m'en tiens à ce que j'ai pu constater. Le succès de Jamel serait inconcevable si la société ne s'était pas mise à apprécier les « Beurs » et, tout simplement, à les prendre en considération. Du même coup, le succès de l'un d'eux accentue le phénomène. Le fait de rejeter par principe un Jamel parce qu'il est arabe prend une connotation désagréable, fait planer le soupçon d'un préjugé ethnique ou idéologique. Sans tomber dans les outrances du « politiquement correct » à l'américaine, je trouve cela très sain. C'est pourquoi j'ai horreur qu'on prenne un air dégoûté en proclamant « vulgaire » tel ou tel artiste. On oublie trop souvent que la première liberté du téléspectateur est celle d'éteindre son poste ou de changer de programme. Personne n'est prisonnier du petit écran. Pour qu'une société évolue, elle doit être confrontée à ses problèmes, à ses différences.

La télévision a une fonction d'intégration sociale. La France est désormais « black-blanc-beur ». Alors, pourquoi y a-t-il si peu de Noirs sur le petit écran et, plus généralement, dans le show-business ? Dans ce domaine, le schmilblick avance avec une étonnante lenteur. Il est vrai qu'aux Etats-Unis, l'oppression passée a donné à cette communauté un punch et une volonté de se battre plus grands que chez nous. La France est-elle prête à avoir un présentateur, un animateur de *prime time* qui soit noir ? Je n'en sais rien. Cela viendra, mais sans doute de façon naturelle, de même que la France s'est enorgueillie de son équipe de foot black-blanc-beur.

Je ne pense pas qu'une politique autoritaire de quotas puisse résoudre le problème. Jamel et Rachid Arhab, présentateur journaliste à France 2, pour ne parler que d'eux, ont fait davantage pour les Beurs, par leur talent et leurs compétences, que tous les groupes de pression et les quotas. Pour l'instant, à talents et compétences égaux, il est évident qu'entre deux candidats inconnus ce n'est pas le Black qui sera préféré pour présenter une grande émission. Le handicap subsiste, je ne le nie pas, mais les choses évoluent. Le jour viendra où la télévision sera aussi « multicolore » que le sport. Cela passera par des individus plus que par des règlements. Après tout, pour reprendre une chanson de Daniel Balavoine, ce sont les hommes qui font les lois et non le contraire.

Quand il est un artiste, exposé par sa profession aux regards d'autrui, un homme résume dans sa personnalité un phénomène de société. Sa façon d'être, le langage dont il se sert, sa réaction à la beauté ou à la séduction d'une comédienne sont en résonance avec le monde qui l'entoure. On a le même humour que Bigard, on parle comme Jamel, on s'habille comme Vanessa Paradis. En d'autres temps, Bardot faisait la mode. Plus que jamais, la réussite repose sur une identification inconsciente du public à ce qu'on lui présente. Par son comportement, son physique, une Juliette Binoche offre une image de la femme qui correspond à ce que la masse des Françaises aujourd'hui pense qu'une femme doit être. A l'opposé, Mireille Mathieu, en dépit de son succès international, incarne un style que les femmes n'ont plus envie de suivre aujourd'hui. Mireille a le même talent qu'hier, mais elle a cessé d'être représentative.

Mon métier m'a maintenu en équilibre sur la déferlante que chevauche la jeunesse et qui, un jour, une fois pour toutes, a cessé d'être la mienne. Quand je recevais Mireille Mathieu, elle était « au top ». J'étais « dans le coup ». Quand je reçois Laâm aujourd'hui, j'ai la chance de demeurer sur le sommet de la vague. Peut-être mon expérience donne-t-elle une forme de crédibilité aux artistes de la dernière couvée, et que ceux-ci me le rendent bien en me fortifiant de leur jeunesse. Si je ne recevais que mes visiteurs des années 70, je m'isolerais d'une partie du public. Le présentateur, cet « ami de la famille », est un pont entre les générations. Il devient vite quelqu'un qui n'est plus à la mode mais, pour lui, c'est un atout. Par définition, être à la mode, c'est se démoder.

Quand je faisais ce que nous appelons des « paquebots », ces énormes émissions de *prime time* qui embarquent des publics de toutes les classes et exigent un équipage important, j'avais plus de difficultés à inviter certains artistes « pointus » que je n'en ai sur une chaîne au public plus restreint. Cela tient au fait que, pour ces artistes, quantité n'est pas synonyme de qualité. Dans un « paquebot », le comédien se plaint d'être logé entre deux chanteurs, le chanteur d'être limité à une seule chanson. C'est pourquoi j'ai toujours essayé d'articuler mes émissions autour d'un personnage central. Les cent minutes d'entretien que m'accordent les artistes dans *Pendant la pub* ne se passent pas dans la cohue d'un paquebot, mais à bord d'un voilier manœuvré par trois hommes. Nous voguons sur une mer calme et prenons tout notre temps avant d'arriver au port. A ce rythme, je connais mieux les Liane Foly, Muriel Robin, Bigard et autres Obispo, qui ont commencé chez moi sur TF1. J'ai pu leur consacrer le temps et l'attention qu'ils méritent. Eux aussi me connaissent mieux dans mon rôle de partenaire solitaire qu'à l'époque où j'étais un maître de cérémonie affairé, cerné de strass et de paillettes. Un rapport humain s'installe difficilement sous les projecteurs et en présence de cinq cents spectateurs. Un tête-à-tête se prête mieux aux confidences.

Au fil des années, la situation de l'artiste a beaucoup changé. Quand j'ai débuté, on pouvait encore commencer une carrière au bas de l'affiche, entre « les trains de nuit et les filles à soldats » de la chanson d'Aznavour. On avait tout le temps des répétitions, des balbutiements, des mises au point. Il n'était pas rare que, avant d'arriver au tour de chant, on patiente plusieurs années. Deux chansons dans un cabaret rive gauche, un premier disque, un deuxième, une émission de télévision... On montait peu à peu en puissance. Maintenant, dès qu'on est à la mode, on est au sommet.

La mode n'est plus limitée au public « jeune ». D'ailleurs, la notion même de « jeune » est sujette à caution. Nous vivons dans un univers où les frontières s'effacent. Un homme de trente-cinq ans est-il moins « jeune » qu'un garçon de vingt-cinq ? On me permettra d'en douter. La « ménagère de moins de cinquante ans » chère aux publicitaires existe-t-elle ? Dans le public, les différences tiennent moins à l'âge qu'au milieu social, aux lieux de vie. En outre, on sait que les gens d'un certain âge aiment bien voir des jeunes à la télévision et avoir l'impression de « rester dans le coup ». Nul n'aime à contempler l'image fanée de soi-même. Mais, bien entendu, la nostalgie est toujours à la mode. En mai 2001, quand Paul McCartney est allé à Cannes, toute une génération qui n'a pas connu les Beatles l'a écouté avec passion parler du groupe. De même, on ne se lasse pas de repasser les émissions de Coluche. Bien entendu, la plupart du temps, le succès s'estompe. Enrico Macias, Pierre Perret, Gilbert Bécaud, Serge Lama n'ont plus le même impact aujourd'hui qu'hier. Qui peut dire si demain ils ne reviendront pas au premier plan ?

Des nouveaux venus, le public exige tout et tout de suite. Il veut avoir tout ce qu'il aime aussi vite qu'au supermarché. Si l'article qu'on lui présente ne lui plaît pas, il zappe, ce qui est une façon de ne pas arrêter son

Caddie devant la gondole. Le monde du show-business est devenu une industrie si considérable, du fait de la multiplicité des médias, qu'il y a toujours une infinité d'articles disponibles Du jour au lendemain, une comédienne accède à la très grande notoriété. Si le public entend une chanson qui lui plaît, il veut aussitôt voir le chanteur sur une scène. Défi redoutable car, pour tenir la distance, il faut du matériel, quinze ou vingt chansons pour le moins. L'artiste doit tomber juste du premier coup. S'il a la finesse de comprendre ce par quoi il plaît, de savoir ce qu'il représente, il joue sur du velours. Jamel a été révélé par quelques apparitions sur Canal Plus dans *Nulle part ailleurs*, puis dans la série *H*, le samedi soir. Très vite, il a fait des spectacles, le Bataclan en tête. Le duo Eric et Ramzy, lui aussi découvert par le dénicheur de talents qu'est Canal Plus, a fait un film qui est sorti à Pâques 2001, *La Tour Montparnasse infernale*. Dans le milieu, on prévoyait un succès gentillet. Le film a fait 800 000 entrées en quelques semaines. Le public qui aimait l'humour du duo s'est précipité, et le bouche-à-oreille a fonctionné à plein. Car il s'agit d'un humour de masse comme celui des *Guignols*, et non plus de l'humour très élaboré et écrit d'un Jean Amadou, d'un Jean Roucas ou d'un Jacques Maillot, qui subsistent, certes, mais pour un public beaucoup plus réduit. C'est dans la forme de l'humour et dans la chanson que se reflète le plus fidèlement une société. De même, des films jouant sur des talents confirmés ne marchent pas alors que, tout à coup, un réalisateur inconnu et des acteurs rarement vus font un triomphe.

On s'imagine souvent que les succès rapides ne sont pas durables. Ce n'est plus vrai. De même, on a longtemps cru que le succès d'une production était garanti par un lancement à la télévision. C'est souvent le cas, par exemple pour *Roméo et Juliette*, spectacle familial par excellence dans lequel TF1 avait d'ailleurs des intérêts. Mais désormais, le succès peut aussi venir d'ailleurs. Luc Besson entend parler de jeunes de banlieue qui bondissent d'immeuble en immeuble comme des cascadeurs. Il leur consacre un film, sans vedettes ni gros budget. Brusquement, ce film dont personne, pas même le réalisateur, n'attend pas plus qu'un succès d'estime, arrive en deuxième position au box-office et fait, dès les premières semaines, 300 000 « fauteuils ». Le bouche-à-oreille a joué. Au café, au bureau, on a dit et répété : « C'est génial, tu devrais aller voir ça. » La télévision s'aperçoit alors qu'il se passe quelque chose et sollicite auteur et interprètes. Ils ne se précipitent pas toujours. Certains d'entre eux ont peur d'être « institutionnalisés » ou banalisés, et préfèrent rester dans un circuit de promotion parallèle. Il existe un succès à côté de la télévision, qui n'est plus à son origine mais à sa remorque. Oui, le monde du show-business a bien changé !

Hier soir, je suis allé voir Henri Salvador à l'Olympia. A son propos, tout le monde s'extasie : « C'est incroyable ! A quatre-vingt-trois ans ! » D'accord, mais ce n'est qu'un miracle annexe. Le véritable miracle, c'est le personnage. Pour la première fois de sa longue carrière, il « fait l'Olympia ». Non qu'il en ait été incapable auparavant : on le lui avait proposé plusieurs fois, en vain. Il a choisi des chansons et des musiques qui correspondent à son climat intérieur actuel. Harmonie, poésie, sérénité. Ce qui lui correspond le mieux à mon avis.

Beaucoup de maisons de disques avaient décrété : « Salvador, c'est terminé ! » On l'avait déjà enterré. Dieu, qu'il se porte bien ! Il déborde de projets : une tournée à travers la France, puis le Châtelet qui est déjà annoncé et entièrement loué. Vivre, c'est avoir des projets. Pour moi, il a toujours été plutôt l'homme d'*Une chanson douce* que de *Zorro est arrivé.*

L'homme que j'ai reçu dernièrement dans mon émission. Pas le Salvador rigolard. L'autre. Le Salvador que je regardais hier, planté sur la scène comme un vieil arbre heureux.

Dans la salle, beaucoup de jeunes. La semaine dernière, dans *Pendant la pub*, il a eu tout le temps de s'expliquer. Lui, qui se définit comme un cossard, travaille d'une façon très professionnelle. Il a fait les disques qui lui étaient demandés par les maisons de production et le public, parfois un peu faciles, et une partie du public retiendra de lui *Juanita banana* ou *Zorro*, mais aussi des chansons plus sentimentales de Paul Misraki ou Pierre Dudan : « Et je m'en vais clopin-clopant... » par exemple. Il est venu dans mes émissions, mais je ne suis pas sûr qu'il aimait la télévision que je faisais à l'époque. Ce n'était pas vraiment sa tasse de thé. Hier, ses agents de presse m'ont confié qu'il était ravi de l'interview, et cela m'a fait l'immense plaisir d'être reconnu par des gens que j'admire.

En fin de spectacle, il chante *Avec le temps* de Léo Ferré. Et l'émotion m'envahit en pensant à mon père. Jusque-là, j'avais compris cette chanson comme un adieu à l'amour. Et soudain, un autre sens s'impose à mon esprit. Chanté par cet homme de quatre-vingt-trois ans, le déchirant « on n'aime plus... » des derniers vers me suggère autre chose que je reçois dans la sérénité. On ne cesse pas d'aimer, mais on souffre moins. De même que je souffre moins de mon père disparu.

Henri me le disait l'autre jour. Avec les années, on devient plus serein, plus tolérant, même à l'égard de l'ultime scandale. Telle est la magie d'une chanson : chacun à chaque instant se l'approprie, l'adapte à sa propre vie. L'artiste vous donne tout, et c'est à vous de prendre ce que vous voulez, ce que vous devez prendre.

Comme l'enfance, la vieillesse connaît des accélérations soudaines. On cesse de voir quelqu'un pendant un an ou deux, et l'on est étonné qu'il ait autant changé. Je l'ai constaté chez des vieillards célèbres, puis chez mon père, ma célébrité à moi. Vaillant, bon pied bon œil, et soudain... Mais Salvador, espérons-le, aura encore bon pied bon œil très longtemps. Et il continuera à nous donner sa leçon de vie, à nous enseigner, par exemple, qu'on peut aimer vraiment plusieurs fois comme il l'a fait. Et qu'au-delà de celles qu'on a aimées, il y a celles dont on a croisé la route et qu'on aurait pu aimer, comme dans la belle chanson de Brassens. Qu'au bout de ce long chemin d'années, c'est encore l'amour qui nous accompagne, nous et nos rêves.

Dès que le nom de Johnny Hallyday est prononcé, il se trouve toujours quelqu'un pour soupirer d'un air entendu : « Ah, c'est Johnny ! Lui, il est à part ! » Et Jean-Jacques Goldman, qui fait autorité dans le métier, dit volontiers : « Johnny, c'est le Boss. »

Johnny est un « cas à part ». Pour tout. Pour fêter ses cinquante ans au Parc des Princes. Pour mettre le feu au Stade de France. Pour descendre les Champs-Elysées dans une voiture à ne pas croire, entouré de motards. Pour donner un concert gratuit au parc de Sceaux. Johnny est totalement et à chaque instant celui qu'il veut être. Sur sa Harley-Davidson, il est le Motard Suprême, le Dieu Vrombissant. En expédition à travers le monde, il est le Prince des Globe-Trotters. Sur une scène, il est *The Show Man, The Star of France*. Partout, il entre d'une façon prodigieuse dans la peau de chacun de ses multiples personnages.

Un jour, je me suis mis d'accord avec Jean-Claude Camus, son agent-manager-tourneur-homme de confiance, pour un *Si on se disait tout.* Une fois par mois, je ne quittais pas l'écran de TF1 à 22 h 30, mais une heure plus tard, et je la consacrais à ce que nous appelons un *talk show.* C'était une nouvelle formule. Quand j'ai annoncé à la chaîne que j'aurais Johnny à la rentrée de septembre, chacun s'est écrié : « Ah, que c'est bien ! » Tout était pour le mieux quand, en juillet, nous apprenons qu'il épouse Adeline, la fille de l'un de ses vieux amis. Coup de téléphone de Jean-Claude : « Johnny veut absolument que tu sois du mariage. »

La cérémonie devait avoir lieu à Saint-Tropez, à la Messardière, et la perspective de ce déplacement au cœur de l'été, à une période où j'avais beaucoup à faire à Paris, ne m'emballait pas. Mais peut-on refuser une invitation de Johnny Hallyday ? Pour achever de me décider, Jean-Claude a précisé que le mariage était prévu pour le samedi et qu'on tournerait l'émission dans la foulée, le lundi, à Saint-Tropez. On la mettrait en boîte pour le mois de septembre. Affaire conclue. Je commande les moyens, cars de régie qui descendent de Paris, caméras, équipe technique, et me voici à la réception.

Elle est, bien entendu, grandiose : cinq cents invités, feux d'artifice, effets spéciaux et mariée paraissant dans sa gloire aux douze coups de minuit. Je suis un invité parmi d'autres, et je ne regrette pas, comme on dit, d'avoir fait le détour. Je dîne en compagnie d'Isabelle près de Michel Berger et de France Gall, avec lesquels nous nous entendons bien. Je quitte la fête vers 3 heures du matin, bien avant qu'elle ne s'achève, et nous décidons, Jean-Claude Camus et moi, de nous revoir le dimanche pour mettre au point les derniers détails du tournage qui aura lieu le lundi, comme convenu. Le lundi matin, nous sommes tous sur le pied de guerre. Mais les heures passent, et Johnny est introuvable. Jean-Claude Camus finit par me dire :

– Il n'est pas rentré, mais ne t'inquiète pas.

– Mais où est-il ?

– J'aimerais bien le savoir !

Je m'inquiète, et j'ai raison. On va passer trois jours à l'attendre en vain et à répondre aux « Mais alors, qu'est-ce que vous foutez ? » de la chaîne. Puis, de guerre lasse, nous rentrons à Paris avec, pour viatique, les excuses de Jean-Claude.

Johnny ne nous avait pas oubliés. Il était ailleurs, hors du temps et des contingences. Pourtant, paradoxalement, il peut être et il est souvent l'artiste le plus professionnel que je connaisse. Nous avons fait d'autres émissions avec lui, sans aucun problème.

Je me souviens de la visite que je lui ai rendue dans sa propriété de Ramatuelle, « La Lorada ». J'entre dans une villa hollywoodienne, avec piscine de rêve, terrain immense surplombant la mer, toiles de maîtres au mur. Il m'attend, assis dans un fauteuil au milieu d'un salon gigantesque. Il a l'air très seul, presque morose.

– Ça va bien ?

– Ça va. Merci.

– C'est beau, hein ? Ça te plaît ?

– Oui, c'est très beau, Johnny. C'est superbe.

Cela a l'allure d'un dialogue des *Guignols*. C'est tout le contraire. Le véritable Johnny n'a rien à voir avec leur marionnette qui fait « Ah que... ». On le caricature à partir de détails que l'on sépare du tout. Bien sûr, quand il dit « J'aime lire », on peut se demander s'il aime vraiment la lecture. Mais à ce moment-là, il le croit lui-même, parce que lire fait partie de la vie au même titre que tout le reste. Sachant qu'il n'est pas comme tout le monde, il a envie de partager ce qui appartient à tout le monde.

Quand il dit « Ça va ? » c'est qu'il veut vraiment savoir si l'on va bien, et « C'est beau ? », c'est qu'il veut qu'on se réjouisse de la beauté de sa villa de rêve.

Le secret de Johnny Hallyday s'appelle partage. C'est un homme dont la vie est si intense, taillée si somptueusement dans un tissu si riche, qu'il en reste toujours pour les autres. Et il vous en distribue des morceaux. Parce qu'il partage tout. Avec la famille qu'il s'est constituée faute de l'avoir eue. Avec un entourage où l'on trouve de tout, des vrais amis et des profiteurs. Et il sait admirablement partager. C'est pourquoi il travaille toujours avec les plus grands, ceux qui comme lui ont du talent à revendre. Il va demander à Goldman de lui composer un album, parce que c'est le meilleur ; c'est donc vers lui qu'il faut aller. A Michel Berger, aussi, parce qu'il aime sa musique. Et à Florent Pagny, à Pascal Obispo...

Johnny a trop de talent pour être gêné par celui des autres. Il pense plutôt : « Puisque tu as du talent et moi aussi, mettons-les ensemble. Partageons ! »

Après le tête-à-tête du salon, nous passons à table. Il y a là divers copains et son professeur de gymnastique, car il s'entraîne beaucoup et souvent. Comme une fois sur deux, il est au régime et se nourrit de carottes râpées arrosées d'eau minérale.

« Tu fais du sport comme moi ? »

Je perçois très bien que son « comme moi » peut devenir « avec moi » si je le souhaite. Il est capable de me dire : « Pose donc ta valise ici, on va te trouver une chambre. On fera de l'entraînement ensemble. » Après le repas, il décide de sortir faire un tour à Saint-Tropez. Il enfourche sa moto, chausse les larges lunettes, fait un signe à la bande des copains suiveurs, et le voici devenu le Motard Sauvage. Il n'a plus rien de commun avec le personnage solitaire que j'ai vu il y a deux heures.

Le soir, il chante dans un gala. Pour relier Saint-Tropez à Fréjus, où a lieu le spectacle, il monte dans le puissant hors-bord qu'on appelle cigarette, et le voici Roi des Mers, faisant hurler le moteur. C'est un nouveau jeu, et il s'y donne tout entier. Au moment où il va monter sur scène, il se concentre. Comme il fait chaud, il est en débardeur, tous muscles dehors, et il s'enduit les bras d'huile comme un gladiateur. Les lumières jaillissent, le bruit déferle, il souffle profondément, et tous les personnages que j'ai vus laissent la place au Chanteur Absolu. Après tant d'années de succès, tant de preuves données de son extraordinaire popularité, il a autant de fougue qu'au premier jour, parce qu'il aime tout autant chanter, se démener, transpirer dans une frénésie admirablement mise en scène. Il se donne mieux encore que la première fois. Et moi qui suis dans les coulisses, j'ai une étrange impression. Il y a un moment, j'étais encore avec un homme, je partageais son repas, ses propos, sa journée. Maintenant, je vois une espèce de demi-dieu. Je suppose qu'Elvis Presley, que je n'ai pas connu, était de cette trempe. Mais c'est un phénomène rarissime, et je le regarde avec le respect qu'on éprouve devant un volcan en éruption.

Oui, Johnny est à part ! Tous ceux qui l'ont connu de près, ou même simplement côtoyé, le respectent, l'aiment. Et tant pis si, dans ses paroxysmes, il lui arrive de mettre un peu sa lucidité de côté. Tout est balayé par l'incroyable force vitale de notre ouragan préféré.

Depuis quelques jours, je regarde *Loft Story*. Cette émission sans intérêt en a un à mes yeux. Elle me met en face de mes contradictions et m'oblige à les assumer et à réfléchir. Sur le fond, j'ai une position très tranchée, et tant pis si elle déplaît à une majorité et si je ne suis pas dans le coup. Je suis contre. Je vais même plus loin : si j'avais le pouvoir de le faire, je supprimerais cette émission.

Mais alors, me direz-vous, comment pouvez-vous soutenir que « le public a toujours raison » ? *A priori,* quand quelque chose a du succès, je respecte ce succès, que cela me plaise ou non. Dans mon métier, on ne va pas contre le succès, et si des millions de gens regardent cette émission, je ne suis pas homme à leur donner tort ou à les considérer comme des imbéciles. Mais, dans ce cas précis, je suis terriblement déçu.

Le propre de *Loft Story*, c'est qu'il ne s'y fait, qu'il ne s'y dit, qu'il ne s'y passe rien. C'est pourquoi ce miroir d'une partie de la société ne la fait pas mieux comprendre, n'améliore en rien les comportements des garçons envers les filles et, réciproquement, n'ébauche aucun modèle, n'ouvre aucun débat. Un petit groupe refermé sur lui-même papote sans parler de rien, dans une sorte d'agitation immobile. Après tout, ces jeunes en ont le droit, mais fallait-il montrer cela comme étant l'image de la jeunesse ? Fallait-il fabriquer ces héros qui n'en sont pas ? Je n'ai aucune antipathie à leur égard, mais ils me semblent ne présenter aucun intérêt et ne mériter en rien que 80 % des jeunes se passionnent pour eux. Mais où sont donc passés la belle insoumission de la jeunesse, son insolence, son refus d'être encadrée, dupée, manipulée, son mépris du fric roi ? Pourtant, les mêmes jeunes sont capables de se révolter contre la xénophobie, d'acclamer la fraternité, de soutenir les Restos du Cœur...

Je les croyais plus malins, plus critiques, moins faciles à embobiner. Il n'y a rien de plus banal que ce bavardage orchestré en symphonie, ces problèmes fictifs présentés comme une dramaturgie. Et voilà que toute la France s'enflamme. Untel a pleuré. Il a fait l'amour avec unetelle. Tout ce qui relève de l'intimité des êtres, du respect de l'autre, est donné en pâture par une chaîne qui, bien entendu, n'a pas d'autre souci que de gagner beaucoup d'argent en augmentant ses tarifs de pub. Et il n'y a là-dedans plus la moindre dignité, le moindre respect de soi.

L'idée que mes enfants entrent dans ce jeu truqué me choquait tellement que je leur ai demandé de regarder autre chose. Je leur ai expliqué qu'il ne peut pas naître un rapport vrai entre un garçon et une fille dans un appartement truffé de caméras et de micros. J'ai dit : « Ils se connaissent depuis cinq jours, il y en a un qui part et tout le monde pleure. On ne devient pas amis intimes en cinq jours. Il faut avoir vécu des choses importantes ensemble, des joies, des peines. Sinon, on ne va tout de même pas fondre en larmes ! Un garçon et une fille ne vont pas faire l'amour comme cela, à la va-vite, parce qu'ils se trouvent sympas ! Vous voyez bien que tout est galvaudé là-dedans. Quand on pleure, quand on fait l'amour, c'est quelque chose de sérieux ! » Margaux a compris cet argument. Thomas aussi, mais ça l'amuse quand même. Ils insistent pour regarder un peu. Toute l'école en parle. J'ai encore expliqué mon opinion, puis je les ai laissés se forger la leur. Isabelle, plus outrée que moi par ce programme, me donne tort et répète aux enfants qu'ils ont mieux à faire. Elle comme moi, nous savons que nous devons être des garde-fous. Parent, c'est le métier le plus difficile, et tous ceux qui ont des enfants le savent.

Il faut être clair. Je ne reproche pas à *Loft Story* son « voyeurisme ». Nous sommes tous des voyeurs. Le seul fait de regarder le journal de 20 heures nous transforme en voyeurs planétaires. C'est plus grave que cela : nous voici transformés en voyeurs de rien, d'une réalité aplatie, privée de toute réflexion, de toute culture, de toute distance, de tout recul. *Loft Story*, ce n'est pas la vraie vie surprise par les caméras, c'est la fabrication d'une fausse vie, par et pour les caméras. C'est un bavardage inepte, d'une dramaturgie artificielle, qui veut se faire passer pour la vie dont la télévision a pour raison d'être de rendre compte dans ses magazines, ses reportages et ses fictions.

Des milliers de conversations, en l'an 2001 et dans un pays avancé, tournent autour de : « Est-ce que tu crois qu'unetelle va être sortie du loft ? » Car l'émission est regardée bien au-delà du public jeune et branché. Les téléspectateurs l'avouent-ils toujours ? Combien ai-je rencontré de gens qui disent : « La télé ? Je ne la regarde jamais. D'ailleurs, il n'y a rien à voir » ? Et puis, au cours de la conversation, je m'aperçois qu'ils connaissent – par quel miracle ? – telle ou telle émission très populaire, dont ils racontent une séquence. Il y a des agrégés de lettres qui regardent *Julie Lescaut*. Je n'aime pas les jeux télévisés, mais il m'est arrivé d'en regarder un. Et si, à cet instant précis, l'appareil Audimat avait été branché, j'aurais été répertorié parmi les amateurs de jeux...

Le triomphe du huis-clos de *Loft Story* me trouble et m'inquiète un peu. D'un point de vue strictement professionnel, je n'ai jamais douté du succès d'une émission de ce type, si l'on venait à l'importer des Etats-Unis. On peut fédérer de cette façon, et tous les professionnels le savent. Mais leur rôle est de se refuser à cette facilité. Ce n'est pas au public qu'il faut s'en prendre. Il n'a pas été respecté. Respecter le public, c'est chercher à le rendre plus tolérant, plus ouvert, plus lucide, à faire avancer le schmilblick. Avec *Loft Story*, celui-ci a reculé. J'en suis d'autant plus consterné que l'orchestration médiatique est disproportionnée : une des magazines télé et *people*, pages entières dans *Le Monde*. Des intellectuels, des psychiatres courent derrière ce train vide dans l'espoir de le prendre en marche. La vraie vie du vaste monde est assez riche pour qu'on n'ait pas besoin d'en fabriquer une fausse.

On m'objectera que les téléspectateurs aiment voir des visages inconnus, des non-professionnels, et que cela explique le succès des locataires du loft transformés en vedettes. Soit. Mais les inconnus intéressants ne manquent pas. Un jour que nous préparions un *Tous à la Une*, Jane Birkin, plus attendrissante que jamais dans son rôle d'écolière nommée directrice, hésitait sur les invités, après avoir mis à son menu Serge et quelques autres.

– Il y a bien quelqu'un de passionnant, mais je ne sais pas si je peux.

– Dis toujours.

– Euh... C'est un clochard. Je passe devant lui tous les matins au coin de ma rue et c'est un homme formidable. Il est toujours de bonne humeur, qu'il pleuve ou qu'il vente. Sa vie n'est pas facile, mais il aime la vie.

– Eh bien, pourquoi ne pas l'inviter ?
– Tu accepterais un clochard à ton émission ?
– Pourquoi pas ? Peu importe la raison pour laquelle il vit comme ça. Il a peut-être choisi librement.
Elle rit :
– Et puis, tout de même, c'est un clochard du XVIe !
A cette époque d'avant les SDF, on disait encore « clochard », comme dans *Boudu sauvé des eaux.*

Elle l'a fait venir, dans ses vêtements de tous les jours, sur le plateau et elle a dit au public qu'on passait auprès de telles personnes sans les voir, sans leur parler, mais que par expérience elle savait qu'il y avait parmi elles des êtres exceptionnels.

L'invité a été passionnant. En fait, c'était un homme qui s'était marginalisé sans amertume. Il nous a expliqué que la société ne l'intéressait pas. Même ceux qui disent « Il n'a que ce qu'il mérite » ou « Quand on veut travailler, on trouve toujours du travail » ont été séduits. Je n'ai pas reçu une seule lettre de critique.

Dans une autre de mes émissions, Geneviève Barrier, fondatrice et alors présidente du SAMU, était notre invitée et composait le menu. Elle nous a fait connaître des infirmières. C'était en 1990, et le sida faisait déjà des ravages. L'opinion publique en était encore à croire qu'on attrapait cette « maladie honteuse pour homosexuels » par un simple serrement de mains ! Ces femmes discrètes, qui se battaient dans l'ombre et étaient un peu mal à l'aise sous les projecteurs, en ont parlé avec des mots simples et bouleversants, démolissant les idées reçues, les préjugés. Dans ces cas-là, on a conscience de faire avancer les choses, on est content de soi et des autres. Qui prétendra que *Loft Story* offre ce bonheur-là ?

Le public ne peut recevoir que ce qu'on lui donne. Le choix a été élargi par l'abondance des chaînes, mais hélas, sur nombre d'entre elles, on lui propose la même chose. Je pense qu'il reconnaît d'instinct le vrai du faux et le sincère de l'affecté. Mais il lui arrive aussi de laisser couler le robinet à images, de tout avaler. Ce n'est pas une raison pour lui servir n'importe quoi. Et pour moi, *Loft Story*, c'est n'importe quoi.

En arrivant pour la première fois chez Gainsbourg, rue de Verneuil, je regarde autour de moi, étonné par son décor. Il est confortable et raffiné, mais les meubles sont tous plus noirs et vernis qu'une gondole.

Il me montre sa fabuleuse collection de poupées.

– Alors, p'tit gars, tu vois ça, hein ?

Ce n'est pas la fierté du propriétaire que je perçois dans sa voix traînante de gros fumeur, mais une invitation à reconnaître la beauté et la qualité.

Je suis venu le voir pour préparer un *Si on se disait tout*, le *talk show* d'une heure en deuxième partie de soirée dont TF1 m'a fait cadeau comme on donne aujourd'hui *Vol de nuit* à PPDA parce qu'il présente bien le journal. Je ne l'ai pas réservé aux seuls artistes : j'y ai reçu Laurent Fabius, Jacques Vergès, Edouard Leclerc, et je suis même allé à Varsovie interviewer Lech Walesa.

Jusqu'à ma visite rue de Verneuil, Gainsbourg n'a fait que des passages dans mes émissions, le temps d'une ou deux chansons. Il vient à la télévision sans se faire prier, dès qu'il est disponible. Mon interview ne s'annonce donc pas comme un événement, et le portrait de mon invité a déjà été fait dix fois par des gens très compétents. J'admire et j'envie un peu sa vie de rêve, éclairée par le sourire des plus belles femmes de notre temps, Bardot, Deneuve, Birkin, Bambou et quelques autres.

Enfin, je peux m'entretenir avec lui, chez lui. Comme un enfant émerveillé, je lui avoue que j'adore ses textes et ses chansons. Cela fait toujours plaisir à un artiste, mais, comme Montand et Trenet, il sent que c'était vrai, que je ne lui dis pas cela pour obtenir sa participation à mon émission, qui, d'ailleurs, est déjà acquise. Je chantonne :

Annie aime les sucettes
Les sucettes à l'anis...

– Comment travaillez-vous ? demandé-je. Ce ne sont pas seulement des jeux de mots, ça va bien au-delà. Il y a des assonances, des doubles sens, des espèces de ciselures. Je trouve que vous avez un côté peintre.

– Ah, c'est du boulot, mon p'tit gars ! C'est du boulot ! Tu crois pas que ça se fait comme ça !

En réalité, il est si doué que ces merveilles lui viennent pratiquement sans effort. Sa tête est en perpétuelle ébullition, et il est très observateur. Derrière la fumée de la Gitane se cache un grand « gambergeur » toujours aux aguets qui, subitement, accouche d'un petit chef-d'œuvre de musique et de poésie. Je lui fais un aveu :

– Vous savez, la chanson que j'aime par-dessus tout au monde, mon numéro un à moi, est de vous.

– Ah ouais ? Laquelle ?

– *La Javanaise.*

Il me regarde et va s'installer au piano dans son salon couleur d'ébène, qui regorge de tableaux et d'objets de valeur méticuleusement disposés.

Ne vous déplaise
En dansant la Javanaise
Nous nous aimions
Le temps d'une chanson

Serge Gainsbourg chantant pour moi tout seul ma chanson préférée ! C'est l'un de ces moments merveilleux de la vie où l'on se dit : « Ça pourrait s'arrêter là », comme la naissance de votre enfant. Heureusement, ça ne s'arrête pas !

– On ne va pas se quitter comme ça. Viens casser la graine.

Il m'emmène dans un café de Saint-Germain tout proche où il a ses habitudes. Nous nous attablons. Il commande pour lui un 102, c'est-à-dire un double Pastis 51. Je sais qu'il boit autant qu'il fume et que sa santé inquiète ses amis, mais quand ils le lui font remarquer, il a sa fameuse réplique : « Bah ! C'est le troisième cardiologue que j'enterre ! »

– Prends du foie gras, p'tit gars. Ici il est bon. Moi, j'ai pas faim.

Il m'observe.

– Font chier avec leurs toasts ! C'est pas comme ça qu'on fait ! Faut du pain ordinaire !

Il prend un morceau de pain, y dépose du foie gras, le sale au gros sel, puis me le tend. Je lui dis que c'est délicieux. Il est ravi de me voir me régaler.

Ceux qui le connaissaient mieux que moi, d'abord Jane, bien sûr, mais aussi quelques autres comme Etienne Daho ou Eddy Mitchell, m'ont tous raconté que, bien sûr, il était tourmenté, invivable par moments, qu'il connaissait des moments d'angoisse comme tous les vrais créateurs, mais qu'au-delà de tout, c'était le bonheur des autres qui comptait le plus pour lui. Quand il faisait une chanson pour quelqu'un, c'était un cadeau avant d'être une chanson.

Comme Coluche, Serge Gainsbourg aimait faire comprendre les choses. C'était tout le sens du fameux billet de cinq cents francs brûlé à *Sept sur sept.* Non pas une provocation stupide, mais le désir d'utiliser la puissance médiatique pour faire passer une vérité, pour montrer la rapacité de l'Etat qui flambe notre argent souvent sans raison valable. Lorsqu'il a chanté *La Marseillaise* en reggae, il voulait faire prendre conscience que les paroles belliqueuses de l'hymne ne convenaient plus à notre temps. L'abbé Pierre l'a dit, lui aussi, sans faire scandale.

Serge était extraordinairement sensible à l'amour qu'on lui portait. C'est cela qui en a fait un grand séducteur entouré de femmes. Il était affamé de tendresse et de compréhension, et c'est ce qu'il cherchait dans le regard d'autrui. C'était un formidable compositeur et parolier, doté d'un sens étonnant et moderne du rythme et des mots. Mais ce que je retiens le plus de lui n'est pas son talent, c'est sa simplicité.

Nombre de bons auteurs de chansons sont moins connus que Serge. C'est un genre très particulier et extrêmement difficile : une histoire rythmée aux mots choisis dans une alchimie subtile ou faussement simple. La chanson est peut-être ce qui révèle le mieux l'esprit d'une époque, la saveur du langage à un moment donné. On s'en aperçoit quand celle d'hier ou d'avant-hier nous paraît démodée, un peu niaise, cesse de nous parler au cœur, alors que son sujet – neuf fois sur dix : l'amour – n'a pas changé.

Après le succès de mon émission avec Serge Gainsbourg, on m'a félicité. Un animateur a deux sortes d'amis : ceux qui l'appellent avant de connaître l'audience de l'émission et ceux qui l'appellent seulement après. C'est généralement le cas de ses patrons. Mais les patrons ne sont pas là pour être des amis.

Hier soir, veille du printemps, je suis allé recevoir mon Ithem, récompense attribuée aux chaînes thématiques. Elle correspond, en mars, au Sept d'Or des chaînes hertziennes que j'ai obtenu en octobre. Me voici donc primé deux fois coup sur coup. Je me sentais un peu mal à l'aise. Il règne toujours, dans ce genre de festivités, une ambiance qui, sans être déplaisante, ne relève pas non plus de la franche camaraderie. Quand des professionnels se jugent entre eux pour établir la sélection qui sera soumise à un échantillon représentatif du public, cela ne peut pas aller sans quelques arrière-pensées.

Peu avant la cérémonie, nous avons tous reçu un questionnaire : Quel est, selon vous, le meilleur magazine d'information ? la meilleure fiction ? etc. Je ne suis pas un téléspectateur comme les autres, je connais personnellement toutes les personnes dont le nom est mentionné et je trouve que ce n'est pas à moi de les juger, de même que ce n'est pas à elles de me juger. Dans nos métiers, le seul juge est le public.

Je n'avais pas pu aller recevoir mon Sept d'Or, décerné au moment de la mort de mon père. Pour l'Ithem, je me suis retrouvé dans une salle du XVe arrondissement où étaient installées des dizaines de tables, dont celle de Multithématiques, la maison à laquelle j'appartiens. Deux présentateurs, Pierre Palmade et Gaël Le Forestier, animaient la soirée. Je faisais partie des nominés dans deux catégories : « meilleur animateur de *talk show* » et l'« homme préféré à l'écran », récompense que j'ai obtenue. Quand les journalistes sont venus me demander ce que je ressentais, j'ai dit que, bien sûr, j'étais content. J'ai rarement été reconnu par mes pairs. Est-ce parce que le public me gâtait trop ? Besson, à qui je n'ai pas l'outrecuidance de me comparer, n'a rien obtenu pour *Taxi* aux Césars parce que son film avait déjà eu dix millions de spectateurs. Dans ces cas-là, le jury tient toujours le même discours : « Il a un grand succès. Pourquoi le souligner ? Notre rôle est plutôt de récompenser ceux qui le méritent sans l'avoir. »

Je préférerais que les Sept d'Or et autres Ithem soient remplacés, chaque année ou tous les deux ans, par une grande « Fête de la télévision », où animateurs et journalistes monteraient un spectacle dans le genre du Gala de l'Union. Celui qui est bon guitariste ou a une vocation rentrée de clown se montrerait sous cet aspect inattendu. On pourrait même réunir télévision et cinéma. Cela vaudrait mieux que toutes ces congratulations, avec leur relent de distribution des prix. Du moins, à l'école, les profs ne sont pas les concurrents des élèves qu'ils couronnent. Ils ont pour seul souci de les stimuler.

Le temps des récompenses est celui des bilans. J'ai vraiment su faire de la télévision autour de 1987-1988. Dix ans plus tôt, cela me semblait facile. Trop. Je faisais toutes les erreurs des débutants : croire qu'on a du talent puisqu'on est là où l'on est, s'imaginer que, pour tenir l'antenne, il ne faut pas cesser de parler, ignorer que, plus on reste en retrait, plus on est au premier plan. Or, il y a beaucoup à faire pour animer une émission correctement : savoir interviewer, présenter, concevoir un programme, choisir le réalisateur qui lui convient le mieux, les invités qui correspondent au concept. Et il faut digérer ce qu'on a appris, cesser d'être une marionnette bavarde, affirmer sa personnalité.

L'expérience m'a appris qu'il ne faut pas se dire : « Je vais faire une bonne émission de télévision. » C'est prendre le problème à l'envers. Pour y parvenir, il suffit de chercher à créer une situation qui serait intéressante sans la télévision. Ensuite, on fait venir les caméras. Alors seulement naît une bonne émission : c'est un moment fort, et qui le restera, qu'il soit ou non filmé. J'aime les moments forts. Certains me fascinent. François Mitterrand, le 10 mai 1981, aux environs de 18 h 30, à l'hôtel du Grand Morvan, avait-il la certitude qu'il serait président de la République ? Qui le lui a annoncé ? Est-il vrai qu'il s'est retiré dans sa chambre, seul, pendant une demi-heure ? Quelle impression cela fait-il d'obtenir ce dont on a rêvé toute sa vie ?

J'ai aussi appris que ceux qui, d'emblée, « crèvent le petit écran », jouissent de ce privilège parce que le téléspectateur sent qu'ils s'adressent vraiment à lui. Qu'ont en commun Pierre Bellemare, PPDA ou Patrick Sébastien ? De traiter le public en être vivant, familier. On a souvent caricaturé ma façon de parler à la caméra. « T'en fais trop, Patrick ! » Non, je n'en fais pas trop. Le public, pour moi, n'a jamais été une addition abstraite de spectateurs. Je le sens présent, proche. Dès que je crains de perdre le contact, je me tourne vers la caméra pour rétablir ce lien charnel.

J'ai aussi appris à tenir le cap, à ne pas accepter ce qui me ferait perdre ma propre estime. Je crois y avoir réussi. J'assume absolument tout ce que j'ai fait à la télévision. Au moment où je l'ai fait, cela avait un sens. C'était spectaculaire, certes, mais honorable. J'ai su dire non, par exemple, à celui qui m'a proposé une émission de jeux avec courses de Caddie sur le plateau transformé en supermarché. Et à quelques autres.

Je suis un artisan. Pour créer une émission, je ne convoque pas une équipe, je n'ai pas besoin de *brainstorming*. Seul, je me fais mon cinéma, ma petite télé à moi. Je n'ai jamais conservé une émission plus de trois ans. Et je ne les ai jamais abandonnées parce qu'elles étaient à bout de souffle. J'y mets un terme en plein succès.

Dans les années 80, à l'époque du *Jeu de la vérité*, je vivais dans un climat si dynamique que j'usais de toute la panoplie. Je faisais de la radio, de la télévision, des présentations de spectacles, des signatures, l'animation de conventions, et même un livre. Mais mes satisfactions professionnelles ont toujours été de courte durée. Je le savais par avance. J'ai toujours pressenti que tout cela ne pouvait pas durer. La grande liberté, c'est de choisir le moment où l'on décide d'arrêter l'éphémère. Des lumières qui s'éteignent après le spectacle laissent de la mélancolie, sinon de la tristesse. C'est le cas des grandes émissions de *prime time* que j'ai animées. Elles ont rassemblé jusqu'à dix-huit millions de téléspectateurs, ce qui aujourd'hui n'est plus le cas d'aucune. Comme dans tous les grands shows, le maître de cérémonie est aussi une vedette. Ceux qui ne l'aiment pas lui reprochent de tirer la couverture à lui, de se complaire dans les « paillettes ». Mais les émissions sans animateur fonctionnent moins bien, quelles que soient les vedettes invitées, la seule exception, à ma connaissance, étant les Restos du Cœur.

Je n'ai pas fait ce métier pour être sûr, tranquille, garanti. *Le Jeu de la vérité* était une émission extraordinairement populaire. Je l'ai arrêtée au bout de deux ans et demi. *Porte-bonheur* remportait un succès énorme. J'y ai mis un terme au bout de deux ans. *Avis de recherche* était un phénomène d'Audimat. J'y ai renoncé après trois années. A chaque fois, les dirigeants de la chaîne me disaient, saisis d'angoisse : « Mais enfin,

Patrick, ça marche du feu de Dieu ! Pourquoi arrêter ? Est-ce que tu as quelque chose derrière ? » Je disais oui, même si je n'avais rien en magasin. Ça m'aidait à trouver.

J'ai appris, en un quart de siècle de carrière, ce maintien en état d'alerte permanente. Il exige avant tout une grande curiosité des autres. Il faut se taire, écouter, réfléchir, nuancer, replacer chaque couleur dans l'arc-en-ciel.

Au fond, toutes mes émissions étaient dans le droit fil de mon enfance dans la rue. Populaires dans le sens noble du terme, c'est-à-dire proches des gens. Et c'est cela qui a tissé entre eux et moi, malgré les aléas professionnels que j'ai traversés, un lien affectif si fort que, sept ans après avoir quitté les « grosses télévisions », je crois être toujours – et j'espère ne pas me tromper – dans le cœur des Français, même si le temps s'éloigne où quinze millions d'entre eux me voyaient à 20 h 30.

Si je devais me décerner moi-même une récompense, je ne me vois qu'un vrai mérite. Celui d'avoir su dire : « Cela, je ne peux pas le faire. Ce ne serait pas vraiment moi. » Celui d'avoir évité le grand piège qui guette les gens du métier : s'égarer dans son image, confondre celui qu'on est, celui qu'on n'est pas, celui qu'on paraît, celui qu'on croit être, celui qu'on fait semblant d'être, celui qu'on est aux yeux des siens. Et au bout du compte, n'être plus personne.

J'entends parfois dire à propos de TF1 que, pour assurer le succès d'une grande chaîne, il suffit de dépenser beaucoup d'argent. C'est faux. L'argent joue un rôle important, mais il faut savoir d'abord bâtir un programme. La programmation est un art. Dans ce domaine, Etienne Mougeotte est un stratège de premier plan. Je crois qu'il est l'un des principaux artisans du succès de TF1, dont il est aujourd'hui vice-président.

Quand la chaîne a été privatisée, en 1987, les hommes de Bouygues qui ont pris sa direction ne connaissaient rien à ce métier. Tous, à commencer par Patrick Le Lay, ont eu le grand talent de s'entourer de professionnels et de leur faire confiance. Ils sont partis d'une constatation simple : « Nous n'y comprenons rien. Présentez à l'antenne ce que vous voudrez, divertissement, culture ou information, c'est votre affaire. Nous sommes un mass média et nous vous demandons seulement d'attirer une masse de téléspectateurs. »

L'objectif est la rentabilité. Dans notre Landerneau télévisuel, on s'est d'abord affolé. Le contenu des émissions allait passer à la trappe, et l'Audimat serait le seul et unique critère. Les dirigeants de TF1 n'ont pris personne en traître. S'ils ne font pas de sentiment et si pour eux les chiffres parlent avant les lettres, ils ont eu l'honnêteté de mettre le marché en main dès le départ. On ne les a pas entendus dire à leurs collaborateurs : « Fais ce que tu veux, amuse-toi... » Cela a eu un premier effet. Ceux qui pensaient que qualité rimait avec confidentialité se sont remis en cause. Ils ont compris qu'il ne servait à rien de faire une émission extraordinaire si elle n'était pas regardée. Et ils ont souvent amélioré leur prestation, non pour adorer le dieu Audimat, mais pour faire plus évident, plus convaincant, plus agréable.

« Plus vous aurez d'audience, plus vous aurez d'antenne. Il faut que ça marche ! » C'est dur, mais c'est simple et clair. On peut estimer que la pression est trop forte. Si on l'accepte, mieux vaut connaître la règle. Alors, on peut se livrer à un exercice compliqué mais intéressant : essayer de faire rimer qualité et quantité de téléspectateurs.

J'ai découvert l'information grâce à *Cinq colonnes à la Une*, mine de moments forts où, pour la première fois, des hommes de télévision étaient sur le terrain, les jeux avec Pierre Bellemare, les chanteurs avec Albert Raisner et son *Age tendre et têtes de bois*, puis

Numéro Un de Maritie et Gilbert Carpentier. Il est d'autres émissions, sans ambition particulière, mais dont on se souvient avec plaisir, comme le très populaire *Tournez manège* de Fabienne Egal, où chaque jour à midi, des couples venaient sans façon se raconter leur vie. Les noms de ceux et celles qui ont apporté quelque chose à la télévision m'ont accompagné hier comme aujourd'hui.

Il existe des émissions où il se passe quelque chose et d'autres – hélas nombreuses mais il faut bien remplir la grille – où il ne se passe rien. A quoi bon en parler ? La télévision a permis de faire mieux connaître des chanteurs de qualité, parce qu'il y a beaucoup plus de téléspectateurs que d'acheteurs de disques. Elle nous apporte davantage qu'il y a vingt ans. Mais les émissions actuelles sont-elles substantiellement meilleures que celles d'il y a vingt ans ? Les fictions de Claude Santelli étaient aussi fortes, aussi belles et aussi réussies que celles d'aujourd'hui. Les émissions de variétés de Jean Nohain n'avaient rien à envier aux nôtres. *Cinq colonnes à la Une* valait *Envoyé spécial.*

Qu'est-ce qui a changé ? Le rythme, la forme, la griffe. Comme en haute couture. Pour le fond, les pionniers de la télévision n'étaient pas des débutants destinés à être dépassés. Ils avaient des atouts que nous n'avons plus, la fraîcheur, la conviction des purs, que l'écoulement des années n'a pas encore blasés ou pervertis. Et ils travaillaient en terrain vierge. Le premier qui arrive au sommet du mont Blanc ne trouve ni boîtes de conserve ni papiers gras sur la neige immaculée.

Les premiers JT avaient peu de moyens, mais ils relataient les faits, rien que les faits. Aujourd'hui, on est partout et tout de suite. On suit l'action en direct. Pour autant, le téléspectateur est-il mieux informé qu'avant ?

La météo annonce qu'il va encore pleuvoir. Nous sommes en avril et le ciel pleure depuis octobre ! Habitué à ne pas me regarder à la télé, j'ai du mal à relire ce que j'écris. Si je trouvais ça complètement bidon, vain et prétentieux ? J'en parle à Isabelle. Elle me dit qu'elle lira tout plus tard, pour avoir une vue générale.

Tant pis, je me décide. Sur le fond, je trouve que tout ce que j'ai écrit est vrai, et en tout cas, que c'est ma vérité. Mais je suis tout de même bien meilleur à l'oral qu'à l'écrit. A l'oral, il y a l'expression du visage, l'intonation, les silences qui en disent long.

Ainsi, quand je parle de TF1, ce n'est pas le côté professionnel que je mets, comme ici, en avant. Je dis que j'aurais aimé qu'ils aient été plus proches de moi et de ma famille, lorsque, avec Isabelle, nous avons été mis en examen pour avoir reçu le « guérisseur ». Ils s'en sont lavé les mains et nous ont laissés seuls face à nos tourments. Solidarité ne rime pas avec télé.

Tout a été dit sur TF1, le pire et, rarement, le meilleur. La tour de Boulogne ne penche pas. Elle reste bien droite dans son béton Bouygues. Il faut faire avec.

J'ai parlé de « grilles », sans expliquer ce dont il s'agit. Une grille de télévision « généraliste » est une palette de programmes, un puzzle complexe et immense où, comme sur la carte d'un grand restaurant, chacun trouve ce qui le met en appétit. La grille de TF1 n'est pas systématiquement « populo bas de gamme », comme on le prétend parfois. Si, pendant tant d'années, elle a fait 40 % de parts de marché, cela implique un public diversifié. Soutenir le contraire serait dire que la majorité a toujours tort. Le responsable de la programmation sait où placer telle émission dans la grille, quelle durée et quelle périodicité lui affecter. Et il doit savoir « fédérer ».

Qu'est-ce qui est fédérateur à la télévision ? Si l'on pouvait répondre à la question de façon précise, on ferait 100 % d'audience, de même qu'un éditeur connaissant la recette du best-seller ne publierait rien d'autre. Pour réunir devant un écran le plus grand nombre possible de gens différents, je pense qu'il faut recourir plutôt à un comportement qu'à une recette. C'est par le traitement de l'émission qu'on élargit son audience.

Les sujets ? Il n'y en a pas de mauvais par essence puisque tous concernent les hommes. Le journalisme américain a une devise qui convient très bien à toute forme de communication : *people like people.* Ce qui intéresse le plus les gens, ce sont les gens. Encore faut-il les accrocher, et là c'est affaire de traitement. Y a-t-il beaucoup d'œuvres de fiction sans une histoire d'amour ? Sans deux êtres qui se regardent, s'attirent, s'aiment ou se déchirent ? Sans les bons et les méchants, les fous et les sages, les défenseurs de l'ordre et les truands ?

Depuis la nuit des temps, les sujets sont les mêmes. Alors, pourquoi tout à coup devant un film ou une pièce dit-on : « C'est dépassé, c'est vieillot » ? Ce n'est certainement pas à cause de l'histoire racontée. Elle est éternelle : la tragédie d'Adèle, la fille de Victor Hugo, et sa folle passion sont aussi violentes et prenantes aujourd'hui qu'hier, quand Adjani en ressuscite la douloureuse névrose d'abandon. Et la souffrance d'un exclu, si bien exprimée sur la scène par Garou-Quasimodo dans *Notre-Dame de Paris*, est plus actuelle que le roman de Victor Hugo. Mais la souffrance qu'il décrit est éternelle.

Quel est le meilleur traitement ? On demandait un jour à Alain Sarde, grand producteur de cinéma, ce qui le poussait à investir dans tant de films son énergie et son argent, alors qu'il est de plus en plus difficile de tenir tête aux énormes moyens du cinéma américain, et quelle était sa recette de succès. Il a répondu très simplement : « Il ne faut pas que ce soit chiant. » Je crois que tout est là. A la télévision, il ne faut pas être ennuyeux. Je connais quelques émissions dont on me dit qu'elles sont intéressantes et captivantes et qui sont regardées par 100 000 personnes. De toute évidence, on n'y applique pas la loi énoncée par Sarde. Comme le professeur devant sa classe, la télévision n'a pas le droit d'ennuyer. Si l'élève bâille, c'est le prof qui a tort. La seule différence, c'est que l'élève, lui, n'a pas le droit de zapper.

L'interview exige qu'on mette son partenaire en confiance, sans perdre pour autant son sens critique, et en conservant une totale liberté d'esprit. Depuis le début, aucune des personnes que j'ai interviewées ne m'a jamais inspiré de crainte révérencieuse ou de gêne. Pourtant, en vingt-cinq ans, j'ai rencontré de nombreuses célébrités françaises, des stars de la scène ou de l'écran.

Ce n'était pas par outrecuidance ou prétention. Cela ne m'empêchait pas d'éprouver parfois du trac ou la crainte de ne pas faire convenablement mon travail, de me trouver face à quelqu'un qui ne me pardonnerait pas un à-peu-près, ou qui répondrait à mes questions pour la seule raison que cela entrait dans son plan médias. Mais je ne m'intéresse pas à la fonction, au prestige, à la situation sociale de mes invités. J'ai toujours dit à mes collaborateurs : « Ne prenons pas les gens pour ce qu'ils font mais pour ce qu'ils sont. »

Si l'on invite un scientifique, un écrivain ou parfois même un acteur, il se peut qu'ils ne soient pas à leur avantage devant la caméra. Face à eux, l'animateur détient pour un instant un pouvoir. Il est facile, sinon tentant, d'en abuser, de désarçonner, de se faire valoir aux dépens de son interlocuteur. Lorsque je vois un présentateur le faire, je sais qu'il n'honore pas mon métier.

J'ai usé, quand il m'arrivait de me sentir intimidé par un invité, d'une petite ruse. Je pensais que cet homme, célèbre au point de me faire un peu peur, avait été un gamin dans une cour de récréation. Que cette femme belle à couper le souffle avait été une écolière. De la classe de trente élèves avaient émergé un Michel Colucci, un Jacques Chirac, un François Mitterrand. Pourquoi ? Qu'avaient-ils de différent des autres ? C'était la vraie question que j'avais à résoudre. Cela rendait à mon interlocuteur une dimension humaine, et à moi-même ma mission, qui est de chercher à comprendre et à savoir.

Dans *Tous à la Une*, j'ai souvent reçu des hommes politiques, invités par la vedette à laquelle était confié le poste de « rédacteur en chef » de l'émission. Ainsi, Michel Boujenah, passionné par les problèmes de l'école, avait invité Lionel Jospin, à l'époque ministre de l'Education nationale. Je me souviens de ses réponses simples et claires, prononcées avec conviction. Henri Leconte avait demandé à Jacques Chirac, maire de Paris, de venir. A cette occasion, je lui avais posé une question qui m'intriguait depuis que, invité à l'Hôtel de Ville, je l'avais vu passer de table en table et nous donner à tous l'envie de prendre un verre avec lui. « Vous êtes, dans le privé, un homme chaleureux et sympathique. Comment se fait-il que pendant si longtemps vous soyez si mal passé à la télé ? » Je crois qu'il m'a répondu qu'il n'appartenait pas à la génération télé. D'après moi, il s'est beaucoup amélioré depuis, et il a presque entièrement perdu son côté raide et coincé devant la caméra.

Les hommes politiques ont un point commun : ils mesurent tous l'impact prodigieux de la télévision et savent qu'en un seul passage ils peuvent beaucoup gagner ou beaucoup perdre. Certains animateurs ont cherché à les faire chanter ou jouer de l'accordéon, dans l'espoir que cela les rapprocherait du téléspectateur. Pour moi, j'ai très vite considéré que la politique est une chose infiniment sérieuse, dont dépend notre vie quotidienne, et que mieux valait laisser ses acteurs aux spécialistes si l'on ne veut pas que la forme l'emporte sur le fond.

Je ne peux pas prétendre interviewer un homme politique sur un sujet précis avec une parfaite connaissance du dossier. De plus, je ne me sens pas de taille à contrecarrer, le cas échéant, la sympathie que peuvent inspirer des gens aux idées peu sympathiques. Certains disent : « Nous les faisons connaître en tant qu'hommes. » Mais où est la frontière entre l'homme politique et l'homme tout court ? Quand il empoigne son accordéon ou chausse les crampons du footballeur, se bat-il pour répandre ses idées ou pour nous faire apprécier son violon d'Ingres ? Je pense que c'est toujours pour ses idées, pour sa vision de la société, pour ce qui est sa raison d'être.

Pour ne prendre qu'un exemple connu de tous, il faut avoir de l'aplomb pour tenir tête à un Le Pen, formidable communicateur. Bernard Tapie a été l'un des rares à lui river son clou. A la télévision, certains ont la chance d'être très à l'aise, comme Laurent Fabius. Bernard Tapie est un cas à part. Il est convaincant, talentueux, un peu hâbleur, persuadé que ce qu'il fait va dans le sens du progrès, mais je connais trop mal les entreprises qu'il a rachetées ou le fonctionnement d'un grand club de foot pour le juger sur le fond. Il existe des « anti-Tapie » de principe qui proclament « c'est un faiseur » dès que son nom est prononcé, mais le plus souvent ils s'en tiennent là et n'argumentent pas leur opinion.

La télévision peut-elle promouvoir ou couler une carrière politique ? En tout cas, elle peut la servir. Les conférences de presse du Général étaient de fabuleux spectacles. Il savait que le petit écran, comme jadis la radio à Londres, était une arme et un moyen de persuasion. Des hommes d'Etat moins doués se sont imposés peu à peu en se faisant conseiller par des spécialistes, comme Mitterrand, devenu excellent avec l'aide de Jacques Séguéla et Jacques Pilhan.

La communication politique consiste à faire passer des idées fortes avec des phrases simples. Toutes les études menées pour savoir ce que retenait le spectateur, au bout de vingt-quatre heures, du contenu d'un journal télévisé, ont démontré que c'était très peu de chose. En revanche, il n'oublie jamais une caricature. C'est pourquoi les hommes politiques se sont toujours montrés très soucieux de leur marionnette dans *Les Guignols de l'info*. A-t-elle servi Chirac et desservi Balladur, comme on le prétend ? Je n'en sais rien. Plus généralement, quel est l'impact politique des *Guignols* ou du *Vrai Journal de Karl Zéro* ? Certainement beaucoup plus important que ne l'était celui des chansonniers de jadis, confinés au Caveau de la République ou aux Deux-Anes.

Les Guignols font-ils rire ? Oui. Même quand on fait l'objet de la caricature. Cette liberté est indispensable à la démocratie en général, et au monde des privilégiés dont je fais partie en particulier. Le contre-pouvoir n'a jamais été inutile au pouvoir.

Les Guignols font-ils mal ? Oui. On a beau se dire qu'il s'agit d'une caricature, il n'est jamais plaisant d'être ridiculisé. On se dit qu'il y a un peu de vrai dans cette charge. On a beau être large d'esprit, prendre en pleine poire cette image de soi-même et de ses travers n'a rien de folichon, même si c'est la rançon de la célébrité.

Les Guignols portent-ils tort à leurs victimes ? Je n'en suis pas sûr du tout. Le « Ah... que... » de la marionnette de Johnny n'empêche pas celui-ci d'être la grande star française. Le « A l'insu de mon plein gré » n'a pas privé Virenque d'être chaleureusement applaudi par le public des courses cyclistes qu'il dispute.

Avoir ou non une bonne image est une question existentielle pour un homme public de notre temps. Mon image était plutôt mauvaise dans l'intelligentsia parisienne quand je réunissais devant le petit écran plus de dix millions de téléspectateurs. Moins exposé, plus intimiste, mon *talk show* sur une chaîne câblée m'a valu une bien meilleure image. Des journaux dits « branchés » n'hésitent pas à me consacrer des articles, et il est de bon ton de passer à *Pendant la pub.* Je suis redevenu à la mode. Nous vivons dans un monde d'excès, à la télévision plus qu'ailleurs. Il faut pourtant trouver un moyen terme entre « C'est super ! » et « C'est complètement nul », car ni l'un ni l'autre ne sont vrais.

Il faut que j'en vienne à la façon dont j'ai quitté TF1 ou, plus exactement, dont TF1 m'a quitté, me laissant sur les lèvres un arrière-goût de trahison.

Quand, en 1986-1987, la télévision privée est arrivée, notre petit monde en a été profondément bouleversé. Qu'allait-il se passer ? Allait-on donner désormais la priorité aux actionnaires, au seul profit immédiat ? Nous n'avions plus affaire désormais à des grands commis de l'Etat dont la carrière faisait une étape chez nous avant de se poursuivre à la SNCF ou à la Poste. Le temps des entrepreneurs était arrivé. La Cinq de Berlusconi et Hersant, TF1 confiée aux gens de Bouygues allaient-elles inaugurer la royauté de l'argent et de lui seul ? Nous n'avions pas choisi notre métier par appât du gain.

Pour ma part, l'idée que ma vocation devait m'enrichir ne m'avait jamais effleuré. Or voici que l'occasion s'en présentait ; les rares animateurs capables d'animer avec succès des émissions à 20 h 30 prenaient soudain une considérable plus-value. Et cela ne valait pas seulement pour ceux d'entre nous qui allaient travailler « dans le privé ». Afin de conserver les autres sur France 2, on les augmentait de façon spectaculaire. Cela mérite d'être rappelé à certains d'entre eux qui, à l'époque, firent monter les enchères. Ces grands vertueux, aujourd'hui, prétendent que c'est par désintéressement et fidélité qu'ils n'ont pas quitté le secteur public. Il n'est pas besoin de les nommer, ils se reconnaîtront aisément.

La rivière Pactole charriait chez nous ses pépites d'or et chacun en avait sa part. J'ai fait partie de ceux qui sont allés sur La Cinq, dont on assurait qu'elle couvrirait tout le territoire. Mon nouveau contrat était somptueux : mon salaire de 50 000 francs par mois sur TF1 était d'un seul coup multiplié par dix pour faire quatre émissions par mois, le vendredi soir à 20 h 40 ! Ceux qui restaient dans le service public étaient un peu moins bien traités, mais leur salaire était lui aussi multiplié au moins par deux ou par trois, voire par sept dans le meilleur des cas. Tout cela, sans autre exigence que de continuer à faire ce que nous faisions déjà. Seuls les titres des émissions changeaient. Les miennes sur La Cinq s'intitulaient *Bon anniversaire*, *Dix à la Une*. Je mets au défi un salarié à qui l'on proposerait de continuer de faire un travail qui lui plaît en le payant dix fois plus de refuser pareille offre ! Hélas, la mariée était trop belle. Je me suis aperçu très vite que la couverture d'antenne que l'on m'avait promise n'était pas assurée. La Cinq était très loin alors d'atteindre 80 % du territoire. De quinze millions de téléspectateurs, j'étais passé à trois ou quatre. Cela ne faisait pas du tout mon affaire. Si fastueux que fût mon contrat, rien n'était plus important à mes yeux que de faire mon métier comme je l'entendais.

Un vendredi après-midi d'octobre 1987, je suis donc allé rendre visite à Robert Hersant, près des Champs-Elysées.

– Vous m'avez fait un très généreux contrat pour trois ans. Je vous en remercie, mais j'ai perdu trop d'audience. Mon chèque mensuel, si gros soit-il, ne compense pas cela. Je préfère y renoncer.

Hersant, qu'on a souvent décrit comme un patron de presse obsédé par l'argent, n'a pas ricané. Au contraire, il s'est montré ouvert et compréhensif. Nous sommes convenus de rompre mon contrat.

Je n'ai pas touché un centime de l'indemnité à laquelle j'aurais pu prétendre puisque la chaîne, en n'assurant pas le taux de couverture promis, n'avait pas tenu son engagement. Vu la générosité dont elle avait fait preuve à mon égard, j'aurais trouvé indécent de la quitter les poches pleines. Stéphane Collaro et Patrick Sébastien m'ont suivi pour la même raison. Je crois savoir qu'ils avaient pourtant des contrats encore plus importants que le mien, ayant une charge d'émissions plus lourde. Mais eux non plus n'exercent pas ce métier pour faire fortune et placer leur argent en banque. Nous sommes, d'abord et avant tout, des hommes de télévision, et Patrick Sébastien est, de surcroît, un véritable artiste.

Démissionnaire de La Cinq au bout de deux mois seulement, me voici sur le marché du travail. Je reçois aussitôt des propositions, notamment de TF1, que des animateurs venus de la Deux, parmi lesquels Michel Drucker, viennent renforcer. Il est entendu que je rejoindrai son équipe en janvier 1988. Je profite de mes deux mois sans antenne pour préparer mes émissions. De janvier à juin, je suis chargé d'animer un vendredi par mois. Le concept des *Uns et les Autres* met en présence les vedettes du jour, du fait d'un livre, d'un film, d'une victoire sportive, et ceux et celles qui, il y a quelques années, ont été eux aussi sous les projecteurs de l'actualité. Je reçois à ce titre Neil Armstrong, l'homme qui a marché sur la Lune, le coureur Alain Mimoun, et bon nombre d'autres... Il s'agit d'une émission d'image plus que d'audience, et je sens vite que le très grand public n'y adhère pas.

J'ai de longues discussions avec Etienne Mougeotte, dont j'ai déjà évoqué l'efficacité en matière de programmation. Il a particulièrement apprécié *Avis de recherche*. Nous nous mettons d'accord sur cette formule et, à partir de septembre, TF1 me propose un contrat pour deux ans. L'émission marche très bien, ma cote de popularité est au zénith, nous rassemblons jusqu'à seize millions de téléspectateurs. Parallèlement, je fais sur RTL le matin entre 8 h 30 et 11 heures, une émission de radio intitulée *Une journée pas comme les autres*, qui donne à un auditeur la possibilité de vivre une journée extraordinaire, de faire par exemple une visite privée du château de Versailles. A cette époque, tout me réussit. Je suis fier de mon *Avis de recherche*. C'est une émission que j'adore faire et elle m'apporte des émotions de présentateur et de producteur que je n'ai jamais retrouvées. Imaginer ce qu'on peut trouver de mieux pour faire plaisir à quelqu'un, quel régal !

Euphorique, j'ai toutes les raisons de l'être. En février 1988, je deviens père de ma petite Margaux. J'épouse Isabelle après six ans de vie commune, le 12 novembre, jour de mon anniversaire qui sera désormais célébré à double titre. Autour de moi, tous sont en bonne santé. Que mon existence est donc douce et pleine ! Aussi pleine que mes journées. Je me lève à 6 heures et quart pour arriver à RTL en forme. A 11 heures je pars à mon bureau. J'ai une réunion avec mes collaborateurs jusqu'à 13 heures, je mange sur le pouce et l'après-midi se passe en répétitions, rendez-vous avec des artistes ou des journalistes. Je ne rentre jamais chez moi avant 21 heures au plus tôt.

Le week-end, je fais dans les grands magasins ou les foires de province les animations que nous appelons dans notre jargon des « ménages ». Parce que c'est bien payé, je l'avoue, mais davantage encore parce que cela me donne le *feed-back*, le retour indispensable, les réactions directes du public, les appréciations et les critiques qui me manquent dans le petit monde parisien et l'univers de studios et de caméras où je passe la semaine. J'ai besoin de savoir ce que pensent et ce que disent les gens.

Bref, j'ai tant de travail, tant de succès que, peut-être, mon attention se relâche. Ai-je oublié l'essentiel ? Ai-je négligé l'écoute des autres, la réflexion ? Tôt levé, tard couché, courant sans trêve d'un endroit à l'autre, obsédé par le maintien d'un minimum de sommeil, serais-je devenu un de ces hommes pressés que l'on dit lointains, inabordables, voire arrogants ? Certains le pensent. D'autres sont jaloux. Dans nos métiers plus qu'ailleurs, nul ne triomphe impunément.

Mon sort est enviable. J'ai tout. La jeunesse, l'amour des miens, le succès de mes émissions, la fidélité de mon public, l'argent. Je suis au sommet de ma vie.

J'ai seulement oublié que la foudre frappe les sommets.

Parmi toutes les émissions qui me sont confiées à mon retour à TF1, *Si on se disait tout ?* est diffusé un vendredi soir par mois à 22 h 30. Une heure durant, je reçois les gens les plus invraisemblables. Ils n'ont qu'un point en commun : ils ont tous vécu quelque chose d'insolite, et c'est ce qu'ils viennent raconter. Des personnages et des histoires étonnantes se succèdent. Celui-ci est le seul survivant d'un accident d'avion. Cet autre ne se nourrit que d'insectes. Un original vit dans un tipi, à l'indienne, au cœur du Massif central. Une femme s'est fait remodeler trente fois par la chirurgie esthétique. Nous trouvons souvent en dépouillant la presse ces singuliers héros. L'émission est enregistrée. Elle est remise à la chaîne et visionnée pour recevoir l'accord qui équivaut, dans l'imprimerie, au bon à tirer. La chaîne s'assure que son contenu n'est pas contraire aux bonnes mœurs, qu'il respecte les lois sur la diffamation et répond à l'idée qu'elle se fait de ce qu'elle doit diffuser.

Plusieurs invités, pendant l'émission, font l'éloge d'un guérisseur de Bretagne. A les en croire, il a guéri l'un de son obésité, l'autre de ses rhumatismes, l'autre encore d'une dépression nerveuse. Il semble s'agir d'un homme atypique. Il ne demande pas d'argent, mais un poulet ou un canard par exemple. Faute de ces cadeaux, il accepte un ou deux billets de cent francs. Il l'a dit lui-même au cours de l'émission *Grand reportage* sur TF1, quelques semaines plus tôt.

Je prends mes informations auprès de l'équipe de *Grand reportage*. Elle a fait son enquête sur ce M. Ghouez, et il ne leur a posé aucun problème. Nous rachetons à *Grand reportage* quelques minutes du tournage qui lui a été consacré et j'invite l'homme à Paris. Avec ses baskets, son catogan et son air étrange, il répond tout à fait à l'image qu'on se fait d'une activité où le costume cravate n'est pas exigé. Nous enregistrons : plusieurs personnes témoignent qu'il leur a fait le plus grand bien. Lorsqu'il apparaît en fin d'émission, je joue mon rôle de candide :

– Il vous a vraiment guéris ? C'est incroyable.

– Oui, oui !

Sur l'émission d'une heure, sept ou huit minutes seulement lui sont consacrées. Il paraît à l'écran un vendredi de décembre 1990 à 23 h 25.

Après diffusion, la chaîne reçoit un courrier important demandant l'adresse de Ghouez et le standard de TF1 est saturé. Il a éveillé des espoirs ; trop, sans doute. Par fax, la direction de la chaîne, lasse de faire suivre le courrier, me demande donc de fournir – chose que je ne fais jamais d'ordinaire –, lors de ma prochaine émission, les coordonnées du guérisseur. C'est ce que je fais le dernier vendredi de janvier 1991. M. Ghouez a déjà fait plusieurs émissions de radio et de télévision et je n'ai nullement l'impression de prendre un risque. L'émission n'a-t-elle pas eu l'aval de la chaîne ? N'est-ce pas cette dernière qui me fait cette demande ? Pourquoi serais-je méfiant ou inquiet ?

Plusieurs mois se passent. Un matin, deux gendarmes entrent dans mon bureau :

– Nous avons reçu des plaintes à propos d'un guérisseur. Cela ne vous concerne pas directement, mais comme il est passé chez vous, vous avez peut-être des informations ?

Je dis ce que je sais et je préviens le service juridique de la chaîne qui me rassure : « Il n'y a aucun problème, nous sommes là pour vous aider. »

Le 17 mars 1992, quatre officiers de police judiciaire dont une femme débarquent à La Plaine-Saint-Denis. Ils nous interrogent, ma femme et moi, Isabelle étant la productrice de l'émission, demandent tout document sur sa diffusion et nous disent que M. Ghouez a commis une énorme escroquerie au préjudice de certains de ses malades et leur a fait cesser les traitements médicaux, mettant ainsi leur vie en péril. Nous tombons des nues. Je répète les propos qu'il a tenus à *Grand reportage* comme à *Si on se disait tout.* Il a assuré travailler en étroite liaison avec des médecins, ne jamais demander d'arrêter un traitement en cours et n'accepter que de très faibles sommes d'argent.

– Voilà tout ce que nous savons, dis-je en m'apprêtant à raccompagner mes visiteurs.

Ils m'arrêtent d'un geste.

– Nous allons continuer à vous entendre dans nos locaux. Vous êtes tous les deux placés en garde à vue, vous-même en tant que présentateur et producteur de l'émission et votre femme en tant que productrice. Vous allez nous suivre.

Stupéfaits au point de ne plus trouver nos mots, nous voici embarqués dans deux voitures, sirène hurlante, comme si nous étions Bonnie et Clyde en personne, et emmenés rue du Château-des-Rentiers, à la brigade de répression de la grande délinquance financière. Deux officiers de police judiciaire nous interrogent séparément.

Les questions pleuvent ; sur un ton très agressif : « Comment l'avez-vous connu ? Pourquoi l'avez-vous invité ? Vous rendez-vous compte que des gens sont morts à cause de lui ? Le succès n'autorise pas à faire n'importe quoi, monsieur Sabatier ! »

Pendant ce temps, Isabelle fait l'objet d'une fouille à corps, on lui confisque son alliance, et deux inspecteurs l'interrogent tour à tour.

La célébrité médiatique n'a pas que des avantages. Elle peut se retourner contre moi. Certes, je n'ai rien à me reprocher, mais ma raison vacille. Par moments, j'ai l'impression qu'on nous croit de mèche avec Ghouez et qu'on nous soupçonne d'avoir touché notre part de son butin.

Enfin, on nous transfère, dans deux voitures différentes, au commissariat du XIIIe arrondissement, où se trouve le centre de détention des gardés à vue. On nous enferme dans une grande pièce dont la porte vitrée permet d'assurer la surveillance. Sur des bancs, deux ou trois filles dont la profession est évidente, et quelques hommes dépenaillés attendent d'être fixés sur leur sort.

Dans la pièce voisine, les policiers regardent à la télévision l'émission de Christophe Dechavanne. Le son est assez fort pour que nous puissions l'entendre. Sujet du jour : la garde à vue, dont on expose longuement les mécanismes, les avantages et les inconvénients. Est-ce cela qu'on appelle l'ironie du destin ?

Toute la nuit, la pièce reste éclairée. Isabelle, épuisée et très choquée, s'assoupit de temps à autre en position assise. Je m'allonge, mais je ne parviens pas à fermer l'œil. Nous avons l'impression de vivre un cauchemar et nous nous réconfortons l'un l'autre. Jamais nous ne nous sommes autant dit que nous nous aimions. Au matin, nous sommes présentés au juge d'instruction. C'est une femme. Elle va droit au but.

– Je vous mets en examen tous deux pour complicité de tentative d'escroquerie, complicité d'escroquerie et complicité d'exercice illégal de la médecine.

Isabelle est indignée :

– Madame, je n'ai jamais été complice d'escroquerie, ni de tentative de quoi que ce soit, cela sera vite démontré. Mais je suis d'une famille de médecins et c'est l'accusation d'exercice illégal de la médecine qui me choque plus que tout.

– Madame Sabatier, c'est comme ça que je voulais vous voir. L'affaire suivra son cours. Vous pouvez partir.

Hébété de sommeil et de fatigue, abasourdi, je me rappelle que nous sommes le mercredi 18 mars. Je dois enregistrer dans l'après-midi l'émission qui passera le vendredi soir. Je téléphone à mes collaborateurs.

– On ne change rien du tout à l'emploi du temps. Je serai à la répétition.

Quand j'arrive au studio, la presse est là, en rangs serrés. Les caméras tournent, les micros se tendent. N'ayant rien à me reprocher, je garde la tête haute.

Je fais une brève déclaration et m'en tiens là. Nous ne connaissions pas ce M. Ghouez. Il avait participé à d'autres émissions. Si nous avons eu tort de l'inviter, la chaîne est pour le moins coresponsable. C'est elle qui nous a demandé de communiquer son adresse au public. Enfin, rien dans les règles déontologiques de la profession n'interdit d'inviter ce genre de personnage. Est-il besoin de dire que nous n'avons pas tiré le moindre profit, matériel ou autre, de son bref passage à l'antenne où il n'était que l'un des douze ou treize invités ?

J'enregistre l'émission, puis je téléphone à Patrick Le Lay. Il estime que ce qu'on nous a fait subir n'est « pas admissible ». A propos de TF1, je lui demande :

– Est-ce que vous aussi vous avez été mis en cause ?

– Pas du tout.

– C'est curieux. Nous sommes pourtant dans le même bateau.

– En tout cas, on ne nous a rien demandé.

J'appelle aussitôt le service juridique de TF1.

– Ne vous inquiétez pas. Nous allons nous occuper de cette affaire. Ni la chaîne ni vous n'avez quoi que ce soit à vous reprocher.

– Mais nous sommes mis en examen, Isabelle et moi ! On nous a dit que l'affaire suivrait son cours.

– Ne vous inquiétez donc pas. C'est un regrettable malentendu. Tout va s'arranger.

Ce n'est pas parce qu'on n'a rien à se reprocher que l'on n'a pas peur. Nous avons peur pour nous, pour nos enfants, pour tous nos proches. Je poursuis normalement mon travail en avril, mai et juin, mais rien ne s'arrange.

Face à la justice, nous sommes bel et bien seuls. La chaîne, de toute évidence, se lave les mains de cette affaire. Mes employeurs l'estiment sans conséquence dès lors qu'ils ne sont pas tenus pour responsables. Quant à nous, ne sommes-nous pas innocents ? Alors, à quoi bon tant protester ? Notre innocence sera reconnue. Quand nous relançons les dirigeants de la chaîne, ils nous renvoient avec quelques bonnes paroles qui nous ulcèrent au lieu de nous apaiser. Et l'on ne nous propose rien. Aucune aide tangible. Le déshonneur, ça ne se partage pas.

Nous sommes mis en examen. Nous allons rester dans cette situation indécise quarante-deux mois durant. La justice n'étant pas pressée. Quarante-deux mois avec, en tout et pour tout, deux convocations chez le juge. Quarante-deux mois de suspicion sourde autour de nous. Quarante-deux mois à entendre une question, toujours la même : « Alors, où en êtes-vous ? » Quarante-deux mois d'attente et de crainte.

Cette épreuve-là, il faut l'avoir subie pour savoir ce qu'elle représente. Aujourd'hui, beaucoup d'hommes publics la connaissent, puisque certains juges mènent contre eux un safari médiatique au mépris du secret de l'instruction. Quelle que soit l'issue de l'affaire, dès l'instant où un personnage connu est suspecté, il est coupable. Ses ennemis triomphent : « On vous l'avait bien dit. Cela devait lui arriver ! » Ses amis doutent. Les gens les mieux intentionnés ne peuvent pas s'empêcher de penser qu'il n'y a pas de fumée sans feu. Or, trop souvent, en raison de la médiatisation de la justice, il y a beaucoup de fumée sans le moindre feu.

L'attente du jugement est peut-être plus pénible encore pour l'innocent que pour le coupable. Un subtil mécanisme d'autodestruction se met en route. Et si, après tout, j'avais tort ? Et si j'étais coupable ? Jour et nuit, on fait et refait son propre procès. Je n'ai commis aucune faute, c'est évident. Evident ? Pas aux yeux de tout le monde ! Les journalistes, ravis de l'aubaine, écrivent qu'Isabelle et moi risquons cinq ans de prison. J'ai la chance que Margaux n'ait que quatre ans et Thomas deux. Dans un tel cas, lorsque les enfants sont plus âgés, ils reviennent de l'école avec la peur dans les yeux. Papa et maman vont aller en prison ! Chaque matin répète la même obsession. Je sens Isabelle mortifiée, déchirée. Nous ne parlons plus que de ça. « Ah, si nous avions pu nous douter ! » Notre couple tient bon dans la tourmente. Faut-il qu'il soit solide !

Nous faisons des recherches. Des gens comme Ghouez ont été fréquemment invités dans d'autres émissions. Ils ont reçu des téléspectateurs un courrier considérable. Inviter des personnages marginaux et pittoresques n'était et n'est toujours pas interdit, ni même déconseillé.

En juin 1992, la chaîne, toujours aussi indifférente à ma situation, me demande de prévoir une nouvelle émission. Ce sera, en septembre, *Faites de beaux rêves* dont la formule est assez proche d'*Une journée pas comme les autres*, l'émission que j'animais à RTL. Des personnalités invitent des téléspectateurs à vivre des choses étonnantes. Deux numéros sont enregistrés mais ne rencontrent pas le grand succès attendu par la chaîne. Je suis convoqué au quatorzième étage du building devant l'aréopage de la chaîne, je m'entends dire que le concept n'est pas bon, que je devrais me reposer et qu'on me donne rendez-vous dans six mois. Je ne crois qu'à moitié à cet au revoir. Je sens que ma place n'est plus en ce lieu. Il est mis fin à mon contrat sans que je demande d'indemnités. D'autres animateurs ont attaqué la chaîne pour rupture de contrat et ont gagné – Dechavanne, Delarue, Ardisson. Je vis ce divorce dans un tel climat d'écœurement que je n'ai aucune envie de compter les petites cuillères.

Beaucoup de ceux qui m'avaient porté au pinacle m'ont abandonné à mon sort. Quelques confrères sont visiblement ravis que je dégage le terrain. Très rares sont ceux et celles qui me soutiennent dans l'épreuve. Patrick Sébastien et Christine Bravo sont du nombre. Je ne suis pas près de l'oublier. Je continue mon émission à RTL jusqu'à juin 1993, terme de mon contrat. Et c'est alors que – cerise sur le gâteau ! – je fais l'objet d'un contrôle fiscal sur ma société.

En septembre 1995, le jugement sera enfin rendu. Ghouez, qui ne se présentera pas à l'audience, sera condamné à cinq ans de prison ferme. Nous serons seuls, Isabelle et moi, à être relaxés. On reconnaîtra notre totale innocence, notre parfaite bonne foi ; le fait que nous n'avons tiré aucun avantage de cette affaire ; l'absence de tout lien avec l'accusé, de tout manquement à l'éthique professionnelle. Bref, nous sortirons de l'épreuve blancs comme neige.

Pourtant, en dépit de notre soulagement, nous nous sentirons salis.

Payer ses impôts me semble faire partie des obligations normales et je n'ai jamais cherché à m'y dérober. Ce n'est pas à titre personnel que j'ai connu de graves soucis, mais dans mon rôle de P-DG de société, pour lequel je n'avais sans doute pas les connaissances nécessaires. La société Télévasion a été créée en 1987. A cette époque, les chaînes privées demandaient aux animateurs et producteurs de leur fournir les émissions « clés en main ».

Je devenais donc le P-DG de Télévasion, dont la gestion était assurée par le groupe Carrère qui coproduisait avec moi les émissions et recevait la moitié des bénéfices. Le choix avait été fait de placer cette société sous le régime fiscal dit des « sociétés nouvelles », exemptant celles-ci du paiement de l'impôt pour les trois premières années d'exercice. Pour bénéficier de cette possibilité, la condition nécessaire consistait à faire prévaloir que le gérant de la société exerçait à travers celle-ci une activité nouvelle. D'animateur, je passais producteur et, en toute bonne foi, je considérais que j'entrais dans cette catégorie. Les revenus de la société ont été intégralement déclarés et, en vertu de ce régime fiscal, Télévasion, sans aucune dissimulation, s'exonérait pendant trois ans d'impôt sur les sociétés.

En 1992, à la suite d'un contrôle entamé en 1989, le fisc a conclu que la société Télévasion ne pouvait pas prétendre être une société nouvelle. L'administration a fait valoir que j'avais seulement prolongé mon activité antérieure et que, par conséquent, j'aurais dû payer dès la première année l'impôt sur les sociétés dont je m'étais, à tort, exonéré. Nous étions redevables d'un rappel d'impôt. Le groupe Carrère, qui gérait la société, a contesté cette argumentation et assuré avoir appliqué correctement la loi. Ne m'occupant pas directement de ce genre de problème, j'étais simplement tenu au courant par Claude Carrère. J'ai été cité en justice, mais on m'a assuré que c'était une pure formalité.

Le 15 juin 1993, je comparais en correctionnelle pour « non-paiement de l'impôt ». Je ne suis pas inquiet, mais néanmoins tendu. Ce soir-là, Johnny fête ses cinquante ans au Parc des Princes et je me réjouis de partager cet anniversaire.

Soudain, la formalité tourne au drame. Le magistrat m'interpelle :

– Ne me dites pas que d'autres que vous sont responsables, monsieur Sabatier ! Vous êtes le P-DG, donc le seul responsable.

Le débat dure une heure et demie. J'entends avec stupeur le procureur requérir contre moi trois ans de prison, dont dix-huit mois avec sursis. Mon avocat fait valoir que j'ai toujours régulièrement payé mes impôts, ce que nul ne conteste. L'affaire est mise en délibéré. Le jugement sera rendu le 15 septembre 1993.

A cette époque, je suis encore en examen dans l'affaire du guérisseur. Je vis dans l'angoisse, et voici qu'on me menace de prison pour une irrégularité fiscale où je n'ai aucune part. Une certitude m'envahit : je suis l'homme à abattre.

Le lendemain matin à 6 heures, Isabelle doit appeler chez lui Philippe Labro, qui dirige RTL, pour lui expliquer ce qui s'est passé et le prévenir que je ne serai pas à l'antenne ce matin-là. A cet instant, je roule vers la maison de mes parents, à trente-cinq kilomètres de Paris, pour leur annoncer, avant qu'ils ne l'apprennent à la radio, qu'on a requis trois ans de prison contre leur fils pour fraude fiscale. Ils fondent en larmes. A bout de forces, je pleure avec eux.

Isabelle est étonnante de fermeté et de courage. Elle reste à Paris, s'occupe des enfants, rencontre les avocats, demande un rendez-vous à Nicolas Sarkozy, ministre du Budget. Le seul moyen d'éviter la prison, lui dit-on, est de payer intégralement la somme réclamée par le fisc. Il s'agit d'une somme importante que la société règle le 9 juillet.

L'été est atroce. Mois de stress et d'anxiété. Nous allons passer quelques jours à Porquerolles. Nous sommes traqués par des paparazzi dont les bateaux rôdent et dont les caméras se braquent sur ma famille et sur moi.

Les journaux publient de gros titres : « Après l'affaire Ghouez, Patrick Sabatier aux prises avec le fisc. » La presse, la profession sont aux aguets. Je ne cesse de penser que, me voyant poursuivi pour fraude fiscale, le juge d'instruction de l'affaire Ghouez doit être définitivement convaincu que je suis un escroc, un nuisible, un homme capable de tout. Mon compte est bon !

Au jour dit, je vais entendre le prononcé du jugement. Mon frère a voulu m'accompagner mais j'ai refusé. Je préfère être seul. J'ai l'impression d'aller à l'abattoir. Je vais être mis en prison, ce n'est pas possible ! C'est trop injuste, à la fin ! Tout cela est si disproportionné, si absurde ! Si, comme d'autres dans le métier, j'avais négocié avec le fisc, je n'en serais pas là.

Je me reproche d'avoir pris l'affaire à la légère, d'avoir cru qu'elle ne me concernait pas directement puisque je ne m'occupais pas de la gestion de la société. J'ai eu tort. On ne peut pas être un P-DG saltimbanque qui se décharge de ses responsabilités sur les autres. En outre, j'aurais dû proposer une transaction au lieu d'aller en correctionnelle.

Devant une salle bondée, tandis qu'à l'extérieur les journalistes attendent dans une forêt des caméras et des micros, je suis soumis à une pression insupportable.

Le président du tribunal lit le verdict : « En vertu de l'article... » Je suis dans un brouillard, loin de tout cela. Soudain mon nom est prononcé. « Patrick Sabatier : quatre ans de prison... » La salle frémit.

Mes jambes se dérobent sous moi. Quatre ans ! Et Isabelle ? Et les enfants ? Quel coup pour mes parents ! Je ne pense même pas à moi. Encore moins à mon métier.

Comme je l'ai dit plus haut, le président me laisse ces pensées tourner dans ma tête pendant des secondes qui me semblent une éternité, avant de conclure :

« ... Avec sursis. »

Ces secondes de tourment, ainsi que la peine – disproportionnée de l'avis de tous les spécialistes –, c'est la rançon de la célébrité. On veut faire un exemple.

Mes avocats me conseillent de faire appel. Je n'hésite pas une seconde :

– Non. J'ai eu trop peur. J'ai écopé de quatre ans de prison après avoir payé intégralement la somme réclamée. Qui sait ce qui peut m'arriver encore ? Un autre jugement m'attend.

Je suis submergé par la honte. Je m'arrête de travailler durant les trois derniers mois de l'année. Je les passe chez moi, prostré, mutique, effondré sur un divan du matin au soir. La déprime. Je tiens grâce à Isabelle, bien sûr, mais j'ai honte. On a réussi à me faire honte. Je n'ose même plus sortir, sauf pour aller chercher les enfants à l'école. C'est ma seule occupation, ma seule tâche, ma seule consolation...

Sans le savoir, ils me sauvent. Grâce à eux, dans la rue, je garde la tête haute. Et, peu à peu, je vois éclore les premiers sourires. Des gens m'abordent, me disent qu'ils sont scandalisés : « C'est honteux ce qu'on vous a fait ! » Les amis s'empressent. Des artistes m'écrivent, et d'abord, bien sûr, ceux qui ont connu le même genre de problème, Aznavour, Jean-Michel Jarre. Pas un seul homme de télévision. De ce côté-là, c'est le silence.

En revanche, le public me soutient et me soutiendra toujours. C'est presque incroyable. Et les organes de presse, à la quasi-unanimité, finissent par le suivre. « Cela suffit, maintenant. Il a payé ! » Mais les années passent et rien ne change.

Je ronge mon frein. Je sais bien que d'autres sont infiniment plus à plaindre que moi, mais on ne mesure pas une souffrance par comparaison. La détresse d'un enfant dont on casse le jouet est-elle négligeable parce qu'il y a des enfants qui meurent du cancer ? On a cassé mon métier et je souffre de la frustration que l'on m'impose en m'empêchant de le faire.

Qu'est-ce qui me fait tenir le coup ? L'amour, bien sûr. Celui de ma femme, de mes parents, de mes enfants, de ma famille. Celui que je leur porte aussi. Mais mon père est mort, à qui j'aurais tant voulu offrir, alors qu'il ne me demandait rien, mon retour sur une grande chaîne à 20 h 30. Je lui aurais dit : « Tu as vu, papa ? Je suis arrivé à surmonter mon problème. » Ces mots-là, je garderai toujours l'amertume de n'avoir pas pu les prononcer. A cause des dirigeants d'institutions ou de grandes entreprises qui, dans leurs conversations mondaines ou leurs déclarations publiques, n'ont à la bouche que les mots de « réinsertion » des détenus ou d'« intégration » des immigrés, mais qui trouvent normal que je sois frappé d'une espèce d'*impeachment* professionnel. « Cela n'a rien à voir », me dira-t-on. Si. On est en droit d'attendre de ces beaux parleurs qu'ils mettent en accord leurs actes et leurs paroles.

En 1993, le ministre de la Communication, Alain Carrignon, m'envoie un petit mot chaleureux. Il me propose de parler en ma faveur à RMC, si cela m'intéresse. Quelle question ! Bien sûr ! Ne serait-ce que pour réagir, recommencer à vivre. En tant que maire de Neuilly, Nicolas Sarkozy est, lui aussi, formidable. Il me soutient. Et je puis dire avec une grande fierté, pour moi certes, mais avant tout pour eux, qu'ils le font sans jamais chercher à arranger les choses ou à m'obtenir un passe-droit. Ils jugent ce qu'on m'a fait anormal. « Trop, c'est trop ! »

Quand j'entre à RMC en 1994, le verdict de l'affaire du guérisseur n'est pas encore rendu.

– Vous savez, dis-je au directeur de la station, je suis très heureux de travailler chez vous, mais un autre procès m'attend. On ne sait pas comment cela peut finir.

– Aucune importance. Vous êtes le bienvenu.

Le jour où je suis blanchi et relaxé, je m'imagine naïvement que la chape de plomb qui pesait sur moi va disparaître et que, professionnellement, tout va redevenir comme avant. Je me trompe. On me fait sentir que, mon image « en ayant pris un coup », il faut laisser du temps au temps. Combien de temps ? Un mois ? Un an ? « Du temps. »

Un jour, à Monaco où je fais une émission pour RMC, je rencontre Michel Thoulouze, patron des chaînes multithématiques liées à Canal Plus.

– Je t'écoute sur RMC. J'aime ce que tu fais. Veux-tu venir travailler chez moi ?

J'accepte la proposition, la seule qu'on m'ait faite. Je n'ai pas eu à le regretter.

Quand j'arrive sur le câble, TMC, comme c'est encore le cas aujourd'hui, est une chaîne hertzienne dans le Sud de la France et câblée ailleurs. Elle a neuf millions de téléspectateurs potentiels, ce qui n'est pas rien. Moi, j'ai envie de surprendre, d'abord moi-même – « Voilà ce que je suis capable de faire » –, ensuite tous ceux qui disaient : « Sabatier ? Mais voyons, il est mort ! Pensez donc ! Quand on n'est plus à 20 h 30, c'est terminé ! » Et il est très compliqué, très difficile de remonter cette pente-là. Je relève le défi comme un boxeur à terre. « D'accord ! J'ai mon compte. Eh bien, je vais me relever et on verra ce que ça va donner. » Mais en n'étant pas sûr du tout de tenir debout.

J'ai choisi ma méthode : aller à l'encontre de ce qu'on pouvait attendre de moi. On pensait que j'étais seulement un animateur-paillettes capable de ne faire que de la télé-fric ? Eh bien, je ferai une émission d'interviews. D'abord parce que j'en ai envie, ensuite parce que je pensais pouvoir la faire à ma façon : plus proche, plus humaine, plus simple aussi.

Je commence par une émission d'une heure à une heure et demie consacrée aux femmes, qui passe un jeudi sur deux à 22 heures. Au bout de trois ans, les retombées étant bonnes, la direction de la chaîne me propose de passer à un rythme quotidien. Je suggère une demi-heure par jour. L'idée me vient de placer l'émission à l'heure où tous les autres diffusent vingt minutes de pub, ce qui est insupportable pour de nombreux téléspectateurs. Résultat : on fait la vaisselle ou l'on prend son bain, en tout cas on fuit le petit écran. D'où l'idée d'une programmation à contre-courant, non pas contre la publicité, ce qui serait absurde, mais à l'usage de ceux qui ne tiennent pas à la regarder une demi-heure durant. Et le titre de l'émission s'impose à moi : *Pendant la pub*. Comme on dirait « derrière la Madeleine » ou « devant le Bon Marché ».

Ce positionnement allusif, espiègle, a plu. Rares ont été ceux qui ont vu dans ce petit clin d'œil une attaque contre la publicité elle-même. Les plus grands artistes sont venus à ce rendez-vous. L'autre jour, c'était Jacques Villeret. Il apparaît peu à la télévision. Il a choisi deux émissions, dont la mienne, pour faire la promotion d'*Un crime au paradis*. Tout simplement parce qu'il est de ceux qui ont besoin qu'on leur laisse le temps de parler, qu'on ne condense pas trop leurs propos...

Lorsque j'appelle les artistes que je veux interviewer, je leur dis : « Les temps ont changé. Je suis sur une chaîne à visibilité beaucoup plus réduite. Je n'ai pas beaucoup de cachet à vous donner ; en fait c'est zéro franc. Ce que je peux vous offrir, c'est ce qui coûte à la fois le plus et le moins cher dans la vie : du temps. Des plages de cent minutes, soit cinq fois vingt minutes. » Les gens que je pressens de cette façon-là viennent. Un peu d'abord, puis beaucoup. Les premiers se sont faits les ambassadeurs de mon émission auprès des autres. Jean-Claude Brialy en parle à Jeanne Moreau, Michel Serrault à Philippe Noiret, Jamel à Eric et Ramzy, etc.

Soudain, l'émission est devenue un lieu de rencontre – nullement « incontournable », bien entendu, rien ne l'est aujourd'hui –, mais très fréquenté et jugé sympathique. C'est un endroit où l'on aime à se retrouver. Ma façon de travailler est toute simple. Je lis, quelques jours ou quelques semaines avant le rendez-vous, le plus de choses possible sur mon invité. Puis j'écarte toutes ces informations et je me retrouve devant mon invité, ou plutôt mon partenaire, avec ma seule expérience de vingt-cinq ans.

Dans *Pendant la pub*, quand je passe une semaine avec Charles Berling – acteur talentueux, mais qui n'est pas encore une célébrité –, j'ai la même audience, à peu de chose près, qu'avec Jeanne Moreau. Mais le concept de l'émission est installé. Et je peux me permettre d'inviter des gens encore peu connus, de « prendre des risques », comme on le dit avec quelque excès, car les risques en question ne sont pas bien terribles. De toute façon, un animateur ne doit pas, à mon avis, jouer à tout coup la carte de la sécurité. Si le public voit toujours les mêmes personnages connus, il se lasse.

Cela, il faut le faire comprendre à tous les décideurs qui se réjouissent dès qu'ils entendent un nom célèbre : « Ça va faire du monde. » Un jour, il y a environ quinze ans, à TF1, la direction des variétés, alors collégiale, a été jusqu'à me communiquer une sorte de liste noire de noms qu'il valait mieux ne pas inviter, étant donné qu'ils ne « faisaient pas suffisamment d'audience ». L'Audimat permet de savoir, à la seconde près, si les téléspectateurs zappent et quand ils le font. Du coup, la belle chanson de Nougaro, *Toulouse*, qui dure près de cinq minutes, n'aurait plus eu droit qu'à deux minutes et demie. Et sur la liste, à des titres divers, on trouvait des noms aussi importants qu'Annie Cordy ou Enrico Macias, sans parler d'Henri Salvador, jugé dépassé, et dont, bien entendu, personne ne soupçonnait le formidable album qu'il préparait. Et il fallait que moi, j'écarte tous ces gens que j'admirais et qui étaient célèbres quand je n'existais pas encore ?

J'ai regardé ceux qui me faisaient cette proposition. Je n'oubliais pas qu'ils avaient, comme on dit dans le métier, le *final cut*, le pouvoir ultime de décider de ce qui passe ou non à l'antenne.

– D'accord, mais je ne me vois pas faisant ça. Je vais vous donner leurs numéros de téléphone et vous allez le leur dire vous-mêmes. Vous direz à Nougaro que sa chanson est formidable, mais que deux minutes suffisent amplement. A Annie qu'elle vieillit. A Salvador qu'il est d'une autre époque. A Macias qu'il ne fait pas assez d'Audimat.

Bien entendu, les choses en sont restées là. Ce jour-là, je me suis fait quelques ennemis.

Un autre jour, on m'a déconseillé de prendre Gainsbourg au *Jeu de la vérité*. Je dis bien : déconseillé. Dans le genre : « Tu es bien sûr ? On ne sait jamais ce qu'il va dire. Et puis ce côté cigarette au bec ! Est-ce que c'est vraiment ce que tu veux faire ? » Et, quelques jours avant l'émission, j'ai entendu un inquiétant : « Tu prends un risque énorme. Si ça ne marche pas, mon pauvre vieux... » Mais ça a très bien marché.

A la télévision, un animateur connu ne s'entend jamais rien interdire. Cela ne se fait pas. En revanche, il subit beaucoup de pressions discrètes, de mises en garde bienveillantes, feutrées, d'allusions à son intérêt bien compris dans le style : « Tu ne penses pas que ? » ou « Est-ce qu'il ne vaudrait pas mieux... ? » Quand on déconseille un artiste, on ne dira jamais qu'il est fini. On tique au moment où son nom est prononcé : « Ah bon ? Tiens ! Tu crois ? Il a encore un public, celui-là ? »

Il faut savoir, dans la vie, ne retenir que les belles rencontres, les aides inattendues, les soutiens surprenants. On devient meilleur quand on rencontre meilleur que soi.

J'ai commis des erreurs, c'est sûr. De légèreté, d'arrogance dans mon comportement. Sans le vouloir, quand j'étais en haut de l'échelle, j'ai été plus tourné vers moi-même que vers les autres. J'ai eu probablement ma période « Parlez-moi de moi, il n'y a que ça qui m'intéresse ». Le succès et le pouvoir isolent, c'est bien connu. Et cela guette tous ceux qui vivent l'un ou l'autre. A vrai dire, ce que je viens de raconter est assez banal. Trop haut, trop fort, attention danger ! Mais on ne le sait qu'après.

J'ai eu la chance de ne rester que trois mois totalement privé d'antenne mais, à ce jour, je n'ai pas encore retrouvé le contact avec le très grand public et cette excitation qui étaient le sel de ma vie. Dans l'épreuve, j'ai tenu à me conduire dignement. Je ne suis pas allé me lamenter dans les journaux. Plus les sondages démontraient que le public me restait attaché, plus on jugeait en haut lieu qu'il n'était pas urgent de mettre fin à mon exil. Et les mois, les années passaient. Dans les moments de découragement, je me disais : « Si cela continue, ils vont arriver à briser ma passion. Et je cours le risque, quand ils me diront enfin : "D'accord", de répondre : "Pas d'accord." Non par esprit de revanche, mais parce que je n'en aurai plus envie. »

Heureusement, l'envie est toujours là.

Si j'en crois Isabelle – mais peut-elle être objective à mon sujet ? –, j'ai trouvé la solution du problème. Elle me dit : « C'est formidable ! Tu es bien mieux aujourd'hui qu'il y a dix ans. » Cela me fait plaisir. Mieux qu'avant ? Peut-être. Mais enfin, on a beau dire que ce qui ne vous tue pas vous rend plus fort, je me serais bien passé de ces dernières années. Simplement, on ne choisit pas. Est-ce que ce devait être ma voie ? En d'autres termes, était-ce déjà inscrit sur les pages d'un destin qui m'était d'avance assigné ? Je n'en suis pas sûr.

Que serais-je devenu si, quand je volais haut dans le ciel de la télé, les plombs de quelques chasseurs malveillants ne m'avaient pas abattu en plein vol ? Franchement, je n'en sais rien. C'est une question qu'on me pose parfois, mais je ne me la pose pas. Essayons tout de même : j'aurais sans doute gardé le cap, puisque c'est ce que font, avec succès, tous les autres. On ne change ce qui marche bien, dans la vie, que sous la pression des circonstances. Comme le naufragé, sur l'île déserte, est obligé de chercher des moyens de survivre.

J'ai survécu. J'ai découvert au passage la comédie humaine, le courage de quelques-uns, la lâcheté de beaucoup d'autres. Ceux qui voudraient bien mais ne peuvent pas, parce que, plus haut, on leur a dit non. Et c'est bien naturel. Pourquoi prendraient-ils un risque ? Pourquoi mettraient-ils en péril leur position, leur carrière ? Leur chère stratégie de carrière ? A la télévision comme dans tous les univers professionnels, on rencontre le pire et le meilleur. Les places sont chères, et les rivalités s'exacerbent pour faire partie des élus. Je n'ai rien vu venir, ébloui par les projecteurs qui me cachaient ceux qui attendaient ma chute. Croyez-moi ou non, je ne leur en veux même pas à ceux-là.

Alors, Patrick, de quoi te plains-tu ? Je ne me plains pas. Je ne juge pas. Maintenant plus qu'avant j'ouvre tout grands les yeux et les oreilles. Je suis plus prudent, mais pas moins enthousiaste. Plus patient, mais pas moins passionné. Plus calme, mais pas moins instinctif. Plus fort, mais pas moins fragile. La fragilité d'un homme est en rapport direct avec sa sensibilité, et la mienne est très vive. C'est elle qui m'a fait concevoir et réussir des émissions. C'est elle qui me chuchote, dans un petit coin de ma tête, qu'il faut toujours croire en demain.

Je voudrais remercier ceux, connus et anonymes, que j'ai croisés tout au long de ces années. Ceux qui, sans micro ni caméra, m'ont consacré un peu de leur temps au téléphone ou devant un café. Pour me laisser parler. Ceux dont l'intérêt n'était autre que celui de l'amitié. Il y a, parmi ceux-là, d'anciens collaborateurs, quelques téléspectateurs avec lesquels j'entretiens aujourd'hui encore une correspondance suivie. Et beaucoup d'artistes rencontrés au fil des jours et des soirées. Ainsi que, bien sûr, toute ma famille et mes amis « hors télé ». Ils ont fait comme si rien ne s'était passé. Ils n'ont jamais douté. Je n'ai pas besoin de les nommer. Je les connais suffisamment pour savoir que, célèbres ou inconnus, ils préfèrent l'ombre à la lumière. Ils savent ce que j'ai peut-être oublié un moment : que la lumière peut aussi vous éblouir et vous égarer.

En écrivant ce livre, je me suis livré à une véritable partie de ping-pong avec mon éditrice : j'écrivais, elle lisait, me renvoyant ma copie annotée de réflexions sur le style ou encore sur la composition des différentes parties de mon histoire. C'est un métier et, *a priori*, ce n'est pas le mien. J'ai aimé me plier à la discipline de l'écriture.

Ici, je tiens à remercier Anne Carrière pour ses encouragements et Isabelle, ma première lectrice, qui a toujours su, pendant ces mois d'écriture, être exigeante et compréhensive, soulignant que j'aurais pu parler un peu plus de mes amis. « Puisque tu as choisi de ne pas faire un livre règlement de comptes, alors n'hésite pas à dire du bien de ceux qui ont été là, vraiment là, près de nous, quand d'autres nous tournaient ostensiblement le dos. »

C'est vrai, ma femme a raison. Je n'ai pas assez parlé de Marc-Olivier Fogiel, qui n'a jamais cessé de me voir, de me parler, et surtout de parler de moi aux dirigeants de chaînes qu'il connaissait mieux que moi en insistant sur l'incohérence de la situation. Merci, Marco.

PPDA, mon voisin, ce qui fait, entre parenthèses, que je suis le seul en France à regarder chaque soir à 20 heures son voisin lui raconter les nouvelles du monde. PPDA, donc, qui lui aussi s'est mouillé en allant défendre ma cause à la fois discrètement mais aussi publiquement dans les journaux et sur les antennes.

D'autres, moins connus du grand public, comme des producteurs, tel Frank Seurat, Anne Marcassus, Jean-Louis Remilleux. D'autres, anonymes, qui m'ont envoyé projets et encouragements afin de me rappeler que je devais croire en moi puisque eux y croyaient. Les centaines de milliers de lettres reçues à RTL, RMC, TF1, TMC, ou encore adressées aux journaux de télé.

Merci aussi à Jean-Luc Delarue, qui m'a montré et démontré son envie d'être à mes côtés ; Thierry Ardisson, qui ne m'a jamais lâché ; Philippe Gildas, grand professionnel, qui m'a souligné son estime ; Mireille Dumas, qui prend régulièrement de mes nouvelles.

Je n'oublierai pas, quitte à me répéter, les prises de position de Patrick Sébastien et de Christine Bravo au moment où c'était l'hallali. Merci à Gilles de Prévaux de *Télé Loisirs*, remarquable ami et partenaire.

L'ensemble des artistes m'a soutenu, mais un merci particulier à Pascal Obispo, Jeanne Moreau, Patrick Bruel, Charles Aznavour, Jamel et sœur Emmanuelle.

J'ai peur d'oublier ceux qui, un jour, m'ont fait signe. « Tiens le coup, on est avec toi. » Pardon d'avance à ceux dont je n'ai pas cité le nom.

J'aimerais terminer en racontant une histoire qui m'est arrivée hier. J'ai passé, comme chaque année depuis maintenant près de vingt ans, une partie de l'été en Provence, dans un petit village typique. J'y connais tout le monde, comme on dit. En allant chercher les journaux, un matin, j'ai rencontré une amie qui loue des chambres d'hôtes pour les touristes.

– Tu devrais passer à la maison, me dit-elle. J'ai en ce moment chez moi une vraie fan de toi. Elle vient chaque année depuis dix ans dans l'espoir de te rencontrer. Elle collectionne les cassettes de toutes tes émissions et tous les articles qui parlent de toi. Je suis sûre qu'elle connaît mieux ta vie que tu ne la connais toi-même.

Rendez-vous est donc pris pour la fin d'après-midi. J'ai fait la connaissance de cette femme, prénommée Nelly. Elle était impressionnée, certainement, mais moi aussi quand j'ai découvert qu'elle se déplaçait en vacances avec plusieurs press-books, compilation de tout ce qui avait été écrit sur moi depuis plus de vingt ans. En feuilletant ces albums, ma vie professionnelle a défilé devant moi : période bleue, période dorée, période noire, tout y était. J'ai redécouvert des photos et des articles, concernant mes émissions à succès, mon mariage, que ma mémoire avait mis hors jeu. J'ai relu des commentaires de certains confrères qui pensaient devoir donner leur avis sur ce que j'avais fait. Avis de donneurs de leçons. Facile de taper sur quelqu'un à terre ! J'ai choisi de refermer le passé en rendant à Nelly sa collection. Elle m'a souri, moi aussi, et nous sommes convenus de nous revoir lors de prochaines vacances.

En rentrant chez moi, je me suis dit que j'avais tenu le coup, mais je savais aussi que j'avais beaucoup souffert durant toute cette période.

Je n'ai pas perdu mon temps puisque j'ai appris comment les hommes fonctionnent dans un monde de pouvoir, d'influence et de célébrité.

Je n'ai pas perdu mon temps parce que j'ai appris à me connaître, à connaître mes limites, mes vraies valeurs, et à consolider de vraies amitiés dans un monde de faux-semblants.

Voilà, c'est fini. Je l'ai écrit. Devant moi, une photo de mon père.

Et toi, de quoi te plains-tu ? De plus rien... Mais le temps n'efface rien.

Cet ouvrage a été imprimé par la
SOCIÉTÉ NOUVELLE FIRMIN-DIDOT
Mesnil-sur-l'Estrée
pour le compte des Éditions Anne Carrière
104, bd Saint-Germain 75006 Paris
en octobre 2001

Composition - Mise en pages
DV Arts Graphiques à Chartres

Imprimé en France
Dépôt légal : octobre 2001
N° d'édition : 211 - N° d'impression : 57137